灼眼のシャナVIII

高橋弥七郎
イラスト／いとうのいぢ

JN020252

Design・Yoshihiko Kamabe

フレイムヘイズ“炎髪灼眼の討ち手”――シャナ
「今日あげたチョコレートは、
銘菓の中の銘菓なんだから」

『存在亡き者』── 坂井悠二
「はあ……」
クラスメイト── 吉田一美
「……?」

[仮装舞踏会]参謀——“逆理の裁者”ベルペオル
「それは私の部下だよ」
[仮装舞踏会]巫女——“頂の座”ヘカテー

「――他神通あれ――」
［仮装舞踏会］将軍――“千変”シュドナイ
「我らがババアにゴマするため死んでくれ」

「——悠二と、誓おう」

「シャナは、それでいいの?」

?
よしだ
おがた
ぺったん

灼眼のシャナ
VIII

プロローグ

人は誰も気付かない。

自分が暮らしている日常のすぐ傍にあるものを。巻き込まれてその中にあるときも。

　この世の〝歩いてゆけない隣〟……異世界〝紅世〟から渡り来た〝紅世の徒〟が、人の持つこの世にあるための根源の力、〝存在の力〟を喰らい、いなかったことにしていると。

「どうにも、ならないのかな」

　零れ落ちた問いに、正面に立った真っ黒な自分が答える。

「どうにも、ならないさ」

　人から奪った〝存在の力〟でこの世に不思議を自在に起こし、自由に跋扈する彼ら、〝徒〟たちは、己が行為の世界へと及ぼす影響のことを考えない。そこに本来あった者の欠落によって生まれた歪みが、いずれ双方の世界に呼び起こすだろう、大災厄のことを。

　彼らはただ、自侭に生き様を現して、笑い喜び、ときに泣く。

「どうにも、できないのかな」

真っ黒な自分が、また答える。

「どうにも、できないさ」

やがて、災厄への危惧を抱いた一部の〝紅世の王〟らは、無道の同胞らを狩ると決意した。

彼らは、人間……〝徒〟の存在に気付かされ、愛しい者を喰われ、復讐を望む……そんな人間に、全存在を〝王〟の器として捧げさせ、代わりに異能の力を与えた。

こうして、討滅者〝フレイムヘイズ〟は誕生した。

「どうすればいいんだろう」

真っ黒な自分が、今度は問い返してくる。

「どうしたいんだ？」

そして〝徒〟は、人の欠落という大きな歪みを感じ追ってくるフレイムヘイズから逃れるため、喰った者の残り滓から〝トーチ〟という代替物を作るようになった。トーチは残された〝存在の力〟の消耗とともに、ゆっくりと役割や居場所、存在感を失い、やがて消える。

この人間の紛い物、故人の欠片でしかない道具は、今も無数、世を彷徨っている。

「どう、したい？」

真っ黒な自分は近付き、対等の相手として、問いかけてくる。

「そうだ。どうしたいんだ、坂井悠二――？」

目覚まし時計のベルが鳴って、夢は途切れた。

1　雨の別れ

夜通し降り続いた霧雨は、まだ止んでいなかった。

明けるのが早い夏の朝も、今日は靄と風雨の中、一面灰色の世界である。蒸し暑さはまだ当分やってこない。細かい水滴は涼気となって御崎市の住宅地を包み込んでいた。

その中、黒い傘と赤い傘が、横並びに進んでいる。

「シャナ、出た時間が遅かったから、ちょっと急ごうか」

黒い傘の下から、坂井悠二が傍らの赤い傘に声をかけた。平凡な風采にもどこか、線の強さを感じさせるようになった少年は、上下トレーニング用のジャージ姿である。

「うん」

赤い傘の下から、シャナと呼ばれた少女が素っ気無く答えた。背が低いので、その表情は傘の縁に隠れて見えない。こちらは大きなTシャツにスパッツという姿だが、その見た目の可愛らしさとは裏腹な存在感が全身に漂っていて、弱さ頼りなさを欠片も感じさせない。

それも当然、彼女は人間ではない。この世を乱す〝紅世の徒〟を追う異能者・フレイムヘイズ『炎髪灼眼の討ち手』だった。

その彼女の傘が、僅かに先行する。

悠二も足を速めて、隣に並んだ。

「……」

「……」

傘の下、互いを密かに横目で見つつ、しかしなにも言わずに雨の中を歩く。

二人は普段、この時間帯を早朝の鍛錬にあてていたが、今日は別の用事のため雨中を外出していた。双方ともにトレーニングウェア姿なのは、悠二の母・千草に『外で鍛えてくる』と言って出てきたからである。

「……ん、っ」

悠二が、なんとなく咳払いをした。

シャナが、傘を上げずに訊く。

「なに？」

「いや、別に」

「そう」

それっきり言葉は途切れ、また沈黙が降りた。

一昨日の事件から、二人の間には微妙な距離が開いていた。気まずい、というほど重苦しくはなく、仲良く、というほど打ち解けてもいない、そんな距離が。

　ケンカをしているわけではなかった。

　夜零時前には坂井家の屋根の上で〝存在の力〟の繰りを、早朝には同・庭で肉体の行使を、二人して鍛錬するという日課も、事件の前と同じように行っている。

　シャナが坂井家に入り浸って千草といろいろ話をしているのも同じ。ご飯を一緒に食べるのも同じ（昨日の土曜日は学校も休みだったので、朝昼晩ともである）。たまに悠二の部屋にやってきて、単身赴任で不在の父・貫太郎の書斎から持ち出した分厚い本を、ベッドに寝転んだり座ったりしながら広げる、これも同じ。

　ただ、必要最低限の言葉しか交わさない。

　二人の間に薄い壁が一枚張ってあるかのように、なんとなく会話がなかった。

「……」

　悠二は、雨の帳の先を見つめ、吐息を密かに漏らした。

　たぶん気付かれただろうが、シャナはやはりなにも言ってはこなかった。

　彼の心は、重く、暗い。

　しかしそれは、今の雰囲気によるものではなかった。

　今歩いている先、向かっている用事こそが、原因だった。

　傘の柄を握る自分の手を見て、ふと思う。

(なにを、どう、言おう)

坂井悠二は、人間ではない。

『本物の坂井悠二』は、かつてこの街を襲った〝紅世の徒〟の一味に〝存在の力〟を喰われて死んだ。『今ここにいる坂井悠二』は、その残り滓から作られた代替物・トーチだった。

残された〝存在の力〟の消耗とともに、存在感や居場所、役割を徐々に失ってゆき、誰にも気付かれないまま、ひっそりと消える、道具。

石を水に、ただ放り込めば、音や波紋で気付かれる。ゆえに、ゆっくりと沈めて、その行為のあることを知られないようにする、そんな誤魔化しの道具。

坂井悠二は、その一つなのだった。

しかし、偶然からか、それ以外の理由からか、彼は一つの宝具を身の内に宿していた。時の事象に干渉する〝紅世〟秘宝中の秘宝『零時迷子』である。

何処からか転移してきたこの宝具は、毎夜零時、宿主の〝存在の力〟を回復させる働きを持つ、一種の永久機関だった。そのおかげで悠二は消えることもなく、『旅する宝の蔵』〝ミステス〟として、人格や存在感を保ったまま、日々を人として暮らしてゆくことができていた。

(せめて昨日、みんなが気持ちを整理しきれてない内に会えてたら……)

もっとも、既に死んだ人間の残り滓である、という事実に違いはない。

そのことを、悠二は友人たちに知られた。

一昨日の事件……一人の〝紅世の王〟の襲来という事件の中で、否応なく。

クラスメイトの中でも特に仲のいい佐藤啓作と田中栄太。

そして、自分に好意を抱いてくれていた、吉田一美に。

佐藤と田中は、この街に滞在するもう一人のフレイムヘイズ、『弔詞の詠み手』マージョリー・ドーと深く関わっていたことから、必然的に顔を合わせる羽目となった。

吉田の方はその逆で、完全に偶発的な露見だった。さらにもう一人のフレイムヘイズ、『儀装の駆り手』カムシンが、彼女を利用した（と悠二は思っている）結果である。

坂井悠二は既に死んでおり、彼らの前にいるのは、その残り滓に過ぎない――その、決して知られたくなかった事実を、最も親しい人々に、とうとう知られてしまった。

そのとき悠二は、知られたことへの衝撃、自身の選択への後悔、今ある現実への怒り、全てをたしかに感じていた。しかし、怒涛のように流れ、切迫していた事件の中では、それらに浸っている余裕などなかった。知った側の三人も同様である。

彼らはフレイムヘイズらとともに、〝紅世の王〟の企みを阻止するため、必死に考え、全力で走り、結果生き延びることができた。そしてどうやら、その究極の安堵と高揚によって、知らず心身を痺れさせていたらしい。

事が片付いた後、浴衣姿で戦ったシャナのボロボロな姿を千草に納得させるため、四人でいろいろ言い訳したりするなどの騒動もあって、彼らはなんとなく、いつの間にか、各々の家路についたのだった。

しかし今、
間に一日、起きた事態を冷静に捉えなおすには十分すぎる時間を置いて、悠二は自分の正体を知ってしまった友人たちとの、望まぬ再会の場へと向かっている。

この朝、街から去るフレイムヘイズ、『儀装の駆り手』カムシンを見送るために。

これは全くの八つ当たりだったが、

(本当に、どこまでも嫌な奴だよ)

と悠二は傘の下で、これから別れる老フレイムヘイズを心中で罵っていた。

その隣で、

「……ん、っ」

シャナが小さく、咳払いのような吐息をついた。

フレイムヘイズの僅かな息遣いに反応した、その鋭敏さを自覚しないまま、悠二は訊く。

「なに?」

「別に」

「そう」

シャナの素っ気無い答えに短く返して、また黙る。

細かい雨粒の傘を叩く音だけが、二人を包む。

（シャナにこそ）

悠二は傘の縁(ふち)で、目線(めせん)の正面を塞(ふさ)いだ。

（シャナにこそ、今までと同じように、接して欲しかったのに）

傍(かたわ)らを歩く少女・シャナは、フレイムヘイズである。

彼女にとって悠二は、出会った瞬間からトーチであり、〝ミステス〟だった。最初は変わった道具、それこそ石ころ程度にしか思われていなかったはずである。そこから始まって数ヶ月、いつしか親しいと言えるだろう間柄(あいだがら)にまでなっていた……はずである。彼女こそ、最初からここにいる悠二のことを知って、理解してくれている存在だった。

それが、どういうわけか、今の状態である。

以前にもケンカらしきものをしたことはあったが、あのときは怒鳴(どな)り合ったりするなど、直接的なぶつかりがあった。今は、お互いに、なんとなく、距離が開いているだけ。

（実際、怒ってはいないと思うんだけど）

昨日から何十度目か、悠二は横目で少女の気配を窺(うかが)う。最近、彼女の気持ちの端を感じられるようになったと思っている。あくまで端ではあったが、それなりに自信はあった。その勘(かん)で察するに、怒ったり悲しんだりはしていない、不機嫌(ふきげん)や不満の色も見えない……なにか、もどかしくも触れることを躊躇(ためら)っている……そんな感じだった。

（やっぱり、あれ、なのかな）

実のところ悠二は、原因について心当たりがあった。というより、彼女がこんな状態になったのは一昨日の事件以降なのだから、当然のように推測できた。

事件の最中、彼は吉田一美から、一つの告白を受けたのである。

(──「私、坂井君が、好きです」──)

完全無欠の、愛の告白を。

しかも、トーチと知られた、その後に。

彼女は、こうも言った。

(──「坂井君は、人間です」──)

そのときの、二人折り重なるように倒れた状景を思い出す度に、悠二は陶然となる。

「……」

着崩れた浴衣と、乱れた髪の艶かしさ、
上気した頬、熱さ優しさを同時に満たして潤む瞳、

(……綺麗だったというか、色っぽかったというか)

胸も、互いの鼓動を感じ合えるほどに押し付けられていた。

(すごく柔らかくて、熱っぽくなるようないい匂いもして……)

それらの光景と感触の中で、自分という存在の真実を知った上で認めてくれる告白を受けたのだから、心が揺れないわけが──

と、シャナが、心なしか鋭い尋問のように。

「なに？」

「あえっ!?　べ、別に！」

思わず声が裏返った。

「……そう、変なの」

言葉は同じでも、体感温度が違った。上げない傘の下から、ジトッとした視線を向けられているように感じる悠二である。言い訳するように、あくまで告白の核心部分だけを思う。

(吉田さんは、僕のことを……僕が大前提としていたことを、壊してしまった)

悠二はこれまで、『自分は人間ではない』という酷すぎる現象としての事実を、もう起こったこと、取り返しようのないものと認め、受け入れようとしてきた。本物の坂井悠二が生きるはずだった平凡な、しかし何物にも代え難い日常を、諦めようとしてきた。そう遠くない未来、家族や友人たちと別れ、生まれ育った御崎市から出てゆく、と心に決めてもいた。

実際、永久機関『零時迷子』を宿した不老の〝ミステス〟が、変わり移ろいゆく人間たちとともに暮らしてゆくことはできない。外へと向かう他に、道はなかった。シャナとの日々の鍛錬は、その確実に来る旅立ちのための準備なのである。

なのに、

(僕は、なくして、なかった……？)

そんな覚悟の中で受けた吉田の告白、かけられた言葉は、悠二に深く強い衝撃を与えた。

（いや、違う、そうじゃない……！）

うろたえた、と言い換えてもいい。

今さら平凡な人生など送り得ない。人として暮らしてゆくことなどできようはずもない。そうと分かっていても、零れ落ちた日常への回帰を望む気持ちが――代え難い大切なものと痛感するがゆえに――心のどこかで疼いた。シャナに対して、この街を出るときを目指して頑張る、せめて足手まといにならないくらいには、などと偉そうに誓っておきながら。

さっきの鋭さも含めて、自分の不甲斐なさを悔しく思う。

（シャナは、そんな僕の情けない動揺を感じたのかな）

悠二は、あれほどの真心を向けられ込められた吉田の告白に、答えを返していない。

そんなことをしている場合ではなかった、ということもあるが、他でもない彼女の言葉の真摯さが安易な返答を躊躇させた、というのも大きい。幸い――なのかどうか、彼女もその場での即答を求めたりはしなかった。

結局一昨日は、告白こそされたものの、本当にそれだけで、以降は二人で話す機会もないまま、一同のなんとなくの解散とともに別れたっきりになっていた。

しかし、その彼女にも、これから会わねばならない。
どういうわけか彼女は、街から去る『儀装の駆り手』カムシンのことを（悠二にとっては気の知れないことに）尊敬していた。行動を共にした数日の間に、悩みへの助言を受けたことが、その理由らしい。律儀な彼女がその出立を見送りにくるのは当然のことといえた。

丸一日の時間を置いて、あの時の告白を見つめなおした彼女は、果たしてどんな顔をして自分に向き合うのだろう。その想いが、もし映画などでよくある、危険の中で盛り上がった突発的なものでしかなかったら、彼女は自分に、人間でない自分に、

（どんな顔を向けるんだろう？）

顔そのものを背けられるかもしれない。

怯えた視線を向けられるかもしれない。

それを思うと、覚悟で固めていたはずの心が、寒く心細くなるのを感じる。

それでも、心のどこかで、そんな自分を見つめる別の自分がいることも感じる。

（いったい、どうされたいんだろう？）

人間として温かく迎えて欲しいのか。

冷静に現状を受け入れて欲しいのか。

もしかして、踏ん切りをつけるために酷く当たって欲しいのか。

分からない。

（分からない、か……いつもそうだな、僕は）

分からない分からないと言いながらフラフラ揺れて、その揺れる自分しか見えなくなる。

そのせいで、シャナを怒らせ、困らせ、泣かせてしまったことがある。

一昨日も、吉田に真摯な想いを告白されたのに、答えを返せなかった。

(酷い奴、だよな……直そうとは、思ってるんだけど)

追い詰められるとうまく働くらしい自分の頭は、こういう方面では全くといっていいほど頼りにならない。なんとも間抜けな話だった。

隠すには大きな溜息が、小さな言葉となって零れ落ちていた。

「ごめん」

「?」

隣を歩くシャナが、怪訝そうにこちらの様子を窺う気配がした。数歩歩いてから、傘をクルクルリ、誤魔化すように回して遊びながら短く、

「いい」

とだけ。

それっきり、また沈黙が降りる。

悠二は、そんなシャナに、許された嬉しさよりも、済まなさと後ろめたさを覚えた。

今の、確かな気遣いを感じる返事に対するものだけではない。

〝紅世の徒〟討滅の使命を持つフレイムヘイズが、自分を問答無用で連れ去らないこと、

〝ミステス〟たる自分を分解し、『零時迷子』を回収するという非情の手段を取らないこと、

旅立ちの準備ができるまで、ともにこの街に留まってくれていること、
その準備自体、朝晩における心身の鍛錬に付き合ってくれていること、
それら示してくれる数々の誠意に対して、自分があまりに不実であるように思われた。

彼女に『どうして自分と距離を取ったりしているのか？』などと偉そうに問い質せない、それが大きな理由だった。

（……）

一方で、小さな理由も、いちおう、ある。

しかしこれは、

（……まさか）

と思わずにはいられない。

問うこと自体が侮辱とも思える——返ってくる答えを聞くのが恐い——問う側である自分自身の気持ちもはっきりと把握できていない——そんな理由。

吉田一美に告白されたことをシャナが気にしている、

（まさか、ね）

過ぎた自惚れに呆れて、自嘲が漏れた。

全くいい気な、男の抱く勝手な妄想だ、と思った。

たしかに、そうであれば嬉しい——そうであったら、と密かに望んでいるかもしれない——

しかし、彼女がそうであるとは到底思えない——そんな妄想。

考える、それだけでも『彼女の存在全てでさえある使命』のために自分を度々頼りにしてくれた『彼女が自分に求めている存在である戦友』として恥ずべきこと、と思った。

一昨日、告白を受けた後、吉田にも訊かれそうになった。

(——「坂井君は、シャナちゃんを……」——)

(——「えっ?」——)

(——「……いえ、やっぱり、いいです」——)

それは、答えられない問いだった。

そもそも、その気持ちがどんなものなのか、分からない。今、自分がシャナに向けている信頼や尊敬、抱いている親しみや気恥ずかしさなどとは、どう違っているのか、どこからが違うのか、もしかして一緒のものなのか。

(——「どこからが、『好き』なんだろう?」——)

友人の池速人が、いつか口にした言葉を悠二は思い出していた。

(それが分かれば、苦労はないよな)

悩みは尽きず、手立ても見えない。

今度は気を遣わせないよう、心の中で呟く。

(ごめん)

シャナはまだ、クルリクルリと傘を回していた。

朝日を薄める雨の中、御崎市を住宅地と市街地の二つに割って流れる真南川が、灰と泥を混ぜた色の巨体を重々しく波打たせている。

その上に架かる御崎大橋、住宅地側の袂で、悠二とシャナは残りの面子が集まるのを待っていた。黙って歩いている内に、なんとなくお互い早足になっていたらしい。結局、集合時間より少し早く、待ち合わせ場所に着いてしまっていた。

ジョギングのメッカであるはずの堤防には、あいにくの雨天ということもあり、人っ子一人見えない。道路にも水飛沫を上げて通る車の往来は稀で、橋の上は耳目も肌も雨のみを捉える、静穏の世界となっていた。

橋の両袂に一つずつ設置されたデジタル時計が、温度や湿度とともに時刻を表している。

「まだかな」

待つ人間が必ず言う、場持たせの言葉を口にした悠二に、シャナは答えない。実はその言葉はもう三度目だった。相槌を打つのも面倒、とばかりに彼女は手すりの向こうを眺めている。

悠二も返答を期待していない。シャナと視線の向きを同じくした。

大河と言っていい真南川は、相応に広い河川敷を両岸に持っている。

その両河川敷は今、ガラクタの山、ゴミの原と化していた。

一昨日開かれた、県下でも有数の大花火大会『ミサゴ祭り』の跡である。

後片付けを行うはずの昨日、昼前から早々に雨が降り始めたため、ほとんどの資材やゴミは火の元関連のものを除いて、ほとんどそのままに放置されていた。祭りの前、無性にワクワクさせられたものと似て、しかし正反対の寂寥感のみを覚えさせられる光景だった。

と、不意に雨の静穏を破る、明るい声が。

「よう、おはよーさん」

傘をさした大柄な少年・田中栄太が、愛嬌たっぷりに笑っていた。

「やっぱりというか、そっちが先か」

「あれ？」

その横に傘を並べて怪訝そうな顔をしたのは、華奢な『一応』美少年・佐藤啓作である。

「なんだ坂井、そのカッコ？」

日曜の早朝ということもあって、彼らは当然のように私服だった。

悠二はかけられた言葉に、

「ああ、これ？　いつも朝にトレーニングしててさ、その服だよ」

つい普通に返し、そして、

（――ッ）

突然と言っていい、締め付けるような感謝の気持ちが湧き上がるのを感じた。

「へえ。なんつーか、強そうに見えるな」

「そりゃ、あれだけドンパチ潜り抜けてたら貫禄も出るだろ。ねえ、姐さ……あれ？」

後ろに細い目線をやった田中は、そこに意中の人影がないことに気付いた。

佐藤も市街地に延びる広い歩道を振り返る。

「おかしいな、さっきまで後ろに……？」

（――――ああ）

悠二は、全く想像だにしていなかった。

友人らの態度がこれまで通りだったことを、ではない。

それなら、甘えるように『そうであれば』と望んでさえいた。

想像していなかったのは自分の心、
ここまで大きく強烈な感激を抱いた、自分の心だった。

どんな意図や気持ちでそう振る舞っているのかという相手への推察、
嬉しさや安堵などの、本来踏んでから盛り上がってゆく感情の段階、
全てをすっ飛ばして、自分にいつもと同じように接してくれているという、その事実に対して、悠二は怒涛のような感激を覚えていた。雨の下、その内心を表すかのように潤む瞳を伏せ、情けなく緩んでいるだろう顔を傘の下に隠す。

傍らのシャナは、やはり何も言わなかった。

「あ、やっと来た。マージョリーさん」

「姐さん、どこ行ってたんですか」

佐藤と田中がそれぞれの呼び方で、ようやく現れた女性に声をかけた。

橋の車道両端に付けられた広い歩道のど真ん中を、いまひとつ冴えない足取りで、長身の女性が歩いてくる。趣味のいいブラウンの傘の柄を立てかけた肩の横、気だるげな麗容が面倒くさそうに答えた。

「あーもー、るっさいわね。私は朝弱い、って言ってんでしょうが」

ガシガシと、簡単に結い上げた栗色の長髪を引っかくこの美女こそ、フレイムヘイズ屈指の殺し屋として〝徒〟に恐れられる『弔詞の詠み手』マージョリー・ドーである。

「キィーッヒヒヒ！」

と、傘を立てかけるのと反対側、右肩の掛け紐からぶら下がり、脇に挟まったドでかい本がけたたましい笑い声をあげた。

「寝酒深酒サンザンやって、朝に弱いもねーもんだブッ!?」

バン、

「るっさいって言ってんでしょ」

と持ち主に叩かれたこの本は、彼女に異能の力を与える〝紅世の王〟、〝蹂躙の爪牙〟マルコシアスの意思を表出させる神器〝グリモア〟である。

「単にそこの自販機でコーヒー買ってただけよ」

不機嫌そうに言いつつ、マージョリーは〝グリモア〟の陰に隠すように持っていた缶コーヒーのプルを、片手の指で器用に開けた。

大きな胸を反らしてこれを一気飲みする彼女に、シャナがフレイムヘイズとして単刀直入に確認する。

「事後処理の話はどうなったの？」

「――っぷは」

質問の間に、マージョリーはコーヒーを飲み終えていた。瞼も重たげな視線を伊達眼鏡越しに宙へやること数秒。空の缶を指先で振りつつ、素っ気無く答える。

「外界宿に連絡はしといたわ。数日中に処理されるでしょ」

「――ックック」

マルコシアスがなぜか笑った。

「なんだ」

シャナの胸元、黒い宝石に金の輪をかけた意匠のペンダント〝コキュートス〟から、遠雷のように重く深い声が問い質した。マージョリーにおけるマルコシアスと同じ、シャナと契約する〝紅世の王〟、〝天壌の劫火〟アラストールのものである。

その糾弾の響きにも、構わずマルコシアスは癇に障る笑い声で答える。

「ヒヤッヒヤ、なーんでもねえ、なんでもねえ」

「……」

この軽薄な〝王〟と反りの合わないアラストールは、会話を続けるのを止めた。

そんな彼、シャナとともに在る〝紅世〟の魔神に、一昨日の事件で初めて彼のことを知った佐藤と田中が、僅かに恐れの色を表して言う。

「それにしても、駅とか、なんか酷いことになってますけど……俺たち知らん振りしてていいんですかね」

「昨日、駅前に様子を見にいったら、マスコミや野次馬が、復旧工事の作業員と入り乱れて大騒ぎになってましたよ」

それにはシャナが、鼻をフンと鳴らして答える。

「どうせ解明なんかされっこない。事後処理の連中が手を打って、適当な理由か証拠がばらまかれたら、皆すぐ平静に戻る」

「そんなものなのかな」

悠二はつい、いつものように相槌を打っていた。

シャナもそれに少し反応して、しかし努めていつものように返す。

「そんなもんよ」

「……」

アラストールは、その胸元で沈黙している。

マージョリーはそんな三人の微妙な様子には気付かないまま（気付いても放って置いただろうが）、背後の、雨に煙る彼方を振り返る。

「ま、封絶の外であれだけド派手にぶち壊すことは滅多にないから、処理する奴もそれなりに苦労はするでしょうね。死人が出なかったのは、不幸中の幸いってやつ？」

「だーな。駅は全壊して高架ごと作り直さなきゃなんねえし、例の仕掛けの入った看板の破片もそこら中にブチまけられてるし、大通りの街灯もあらかた吹っ飛んでる。怪我人だけで済んだのは幸いも幸い、でっけえ奇跡だ、キーッヒヒヒ」

マルコシアスが他人事のように笑った。

全員、マージョリーと同じく大通りの先、今は雨の帳に隠された御崎市駅の方角を見やる。

一昨日の事件……一人の〝紅世の王〟による襲撃は、これまで御崎市で幾度か行われた〝徒〟たちとの戦いとは違う、特異なものだった。

フレイムヘイズや〝徒〟は通常、『封絶』と呼ばれる因果孤立空間の中で戦う。

このドーム状の空間は、その内部を世界の流れから断絶させ、外部から完全に隔離・隠蔽してしまう働きを持っていた。近世以降、〝徒〟やフレイムヘイズの活動が世の人の前から消え去り、また現在も知られていないのは、まさにこの自在法の発明があったためである。

封絶の中で動けるのは〝紅世〟に関わる者たちだけで、中にある他の者・物は世界の流れから切り離されて静止する。巻き込まれた者は、その間に起きたことを覚えていない。自分自身が〝徒〟に喰われても、気付けない。

そして封絶はもう一つ、隠蔽のために重要な力を持っていた。

この自在法に囚われた空間では、人も物も、断絶した外部との整合を取る形で容易に復元できるのである。ある程度の〝存在の力〟を使えば、閉じ込められる前の状態を、容易に取り戻せた。〝徒〟が破壊を人喰いを世の陰で好きに起こせる、これが最も大きな理由なのだった。

その封絶を、シャナたちは一昨日の事件では使わなかった。

正確には、襲来した〝紅世の王〟の張り巡らせた仕掛けによる妨害を受け、使うことができなかったのである。結果、御崎市は修復を期待できない剝き身のまま、戦いの舞台となってしまった。

特に、その〝王〟による仕掛けの中枢としてフレイムヘイズらの総攻撃を受けた御崎市駅の損害は酷く、駅舎を載せる高架もろとも、ほぼ全壊状態である。大通りでも祭りの看板に偽装・配置された仕掛けの破片が散乱し、その周囲、大通りの街灯なども軒並み粉砕されて、駅前は爆撃後の戦場もかくやという惨状となっていた。

と、

「ん——？」

「来たか」

マルコシアスとアラストールが、それぞれ声にして報せた。

雨の向こう、彼らの見る市街地の方から小さな影が一つ、じんわりと滲みの増すように現れる。程なくそれは、真夏にもかかわらず全身を分厚い雨合羽で包んだ少年の姿となった。

「ああ、朝早くからすいません」

声変わり前の高い、しかし瑞々しさの全くない子供の声が、目深に被ったフードの内からかかる。

シャナよりもさらに幼く見えるこの少年は、一目で只者でないことが分かった。小さな右肩に、布でグルグル巻きにした身の丈の倍はあるだろう棒を担いでいるからである。重たげな質感に満ちた棒は、少年の持つ圧倒的に大きく穏やかな存在感によって、一つの姿として不思議な調和を見せていた。

「ふむ、待たせてしもうたかの」

少年の左手に絡められたガラス玉の飾り紐から、嗄れた老人の声があがった。

「ああ、とはいえ、ほぼ時間通りではあるのですが」

少年は、フードの下から傍らの時計を見上げる。

彼の名は、フレイムヘイズ『儀装の駆り手』カムシン。その左手に巻かれたガラスの飾り紐型の神器〝サービア〟に意思を表出させる〝紅世の王〟、〝不抜の尖嶺〟ベヘモットとともに、気の遠くなるような歳月を流離ってきた、最古のフレイムヘイズの一人だった。

「ふむ、それもそうか……おや、おじょうちゃんはまだかね」

言われて、集った一同も初めて気が付いた。

カムシンとベヘモットが『おじょうちゃん』と呼ぶ少女・吉田一美が、まだ来ていない。

時計を見れば、待ち合わせ時間の二分前。

律儀で、人一倍他人に気を遣う彼女が待ち合わせに遅れることは考えにくかった。

(吉田さん、やっぱり……?)

悠二は彼女がまだ来ない理由——一昨日の告白が一時の熱情であり、それから覚めたことで自分に会い難くなっているのか——を思い、我ながら嫌になるほどの動揺と落胆を覚えた。

佐藤と田中は、気にしないよう慰めるべきか、沈黙を守るべきか迷った。

シャナは、胸の内に醜悪な安堵が生まれたのを自覚し、顔を顰めた。

傘打つ雨より重いその空気を、
遠くからの一声、

「お、遅れてすいません!」

柔らかで明るい声が破った。

バシャバシャと水を跳ねる音とともに、チェック柄の傘がカムシンと反対側、住宅地の方から駆け寄ってくる。一同の前に来ると、その傘は前に倒れた。

その下で一息吐くと、まだ荒い呼吸を抑えて、少女はしっかりと背筋を伸ばし挨拶する。

「おはようございます」

「お、おはよう」

戸惑うような悠二、

「おはよーさん」

「おはよ。珍しいな、吉田ちゃんがギリギリなんて」

ほっとする田中と佐藤、

「うん、おはよ」

複雑な表情のシャナ、
友人たちはそれぞれ、お互いの顔を確認する。

悠二、佐藤と田中、シャナと向き合った吉田の表情は、雨中でも晴れやかだった。その手が傘と反対側、左手に提げていた防水の紙袋を示す。

「す、すいません――昨日の夜、お母さんが、これ、勝手に片付けちゃって――探してたら、こんな時間に――」

息を吐いて浮かべる照れ笑いには、無理をして気を張る様子もない。その自然体のせいか、以前の縮こまっていた頃と比べて、彼女は一回り二回り存在感を増していた。

カムシンは、そんな少女の変化を見てか見ずにか、軽く頷いて答える。

「ああ、構いませんよ。時間は……」

「ふむ、今が丁度じゃしの」

彼らが見上げた先で、デジタル時計の表示が待ち合わせ時間に変わる。

「でも、カムシンさんたちは」

「?」

不意の問いかけに、カムシンは僅かに顎を上げて疑問の風を表した。そして、

「もし私が遅れていたら、待たずに行ってしまったんじゃ、ありませんか?」

「……」

自分を理解する少女の微笑みを受けて、そのまま固まる。感情表現に乏しい彼の、それは肯定と驚きの姿だった。ベヘモットが僅かに、ふむ、と不分明な返事をする。

その二人に、もう一度吉田は柔らかく笑い返し、手にある紙袋を持ち上げた。店のロゴらしきアルファベットをあしらい散らした、趣味の良い代物である。

「せっかく一日、街を出るのを待ってもらったんですから……ちゃんとこれを渡さないといけない、と思って」

本来、カムシンらは事件の翌日、つまり昨日、御崎市から出てゆくつもりだった。

それを、吉田が『もう一日だけ』と引き止めたのである。どうやら、この紙袋の中のものを二人に贈るためだったらしい。彼女らしい細やかな心配りだった。

「お仕事のことを思えば、本当は引き止めてはいけない、と分かっていたんですけど……」

カムシンとベヘモットは、〝紅世の徒〟によって歪められた世界の修正に当たる特別なフレイムヘイズ『調律師』で、御崎市にもそのためにやってきた。

同じ場所で人間が多数〝徒〟に喰われると、世界の歪みも局所的に大きくなる。そんな場所を訪れ、人が欠けたことへの違和感、喪失による不整合を、その街に長く暮らしてきた者のイメージによって修正するのが、彼らの役割だった（正確には、調律師は有志の自発的な行動でしかないが）。

「ああ、気にされることはありません。どうせあの騒ぎの後に、何らかの悪影響が残っていないか、見て回るつもりでしたから」

「ふむ、むしろ念入りに調べる機会にもなった。こちらが感謝しても良いくらいじゃよ。なにせ、他ではまずない特異なケースじゃったしの」

吉田は、彼らの調律作業への協力、具体的には修正に必要なイメージの提供を求められ、これと同行する内に、悠二やシャナの正体、〝紅世の徒〟の跋扈する『この世の本当のこと』を半ば強制的に知らされることとなった。

当然、彼女は大きな衝撃を受け、深い恐怖に苛まれることとなったが、一昨日の事件を経た今では、そのことを恨んだりはしていない。どころか、カムシンらのおかげで前に進む強さを得られたことに感謝し、その強さを持って厳しく生きる二人を尊敬してさえいた。

その感謝を表す、ほんの心積もりを込めた贈り物を、彼女は差し出す。

「これ、本当につまらないものですけど」

カムシンは首だけで会釈して受け取る。

「ああ、これはどうも」

防水ビニールで覆われた瀟洒な紙袋は、膨れた体積の割に軽かった。

ベヘモットが不確定な物体を確認するため、早々に訊く。

「ふむ……今、開けても良いかね？」

「はい、どうぞ」

吉田は快諾して、自分の傘を袋の上に被せるよう寄せる。

そんな優しい少女にカムシンは再び首だけで会釈し、袋を開けた。

全員が黙って見つめる中、取り出された物は、麦藁帽子。

やたらと鍔が広い。少年の姿をしたカムシンが被っても似合うよう、飾りは最低限、空色のリボンが一巻きしてあるだけという簡素なものだった。

「真夏に、あのフードは暑いんじゃないかと思って……サイズは合ってるはずです」

カムシンは、貰ったそれを数秒じっと見てから、半歩下がった。

「どうもありがとう。大事にします」

深く腰を折って礼を言う彼に、吉田は慌てて手を振る。

「いえ、お世話になったお礼としても軽いですけれど」

照れ隠しのように空を見上げて、笑った。

「それに今日は、あいにくの雨ですし。私、いつも間が悪いんです」

「ふむ」

ベヘモットが、吉田に答えるように、また己が契約者を促すように唸った。

体を起こしたカムシンは、無造作に雨合羽のフードを下ろした。一房に編んだ髪が後ろに垂れ、無数の傷を刻んだ褐色の容貌が雨天の元、露になる。

この、余計なことは全くしないはずの、情味の欠片もないはずの、使命の結晶のような老フレイムヘイズが取った意外な態度に、マージョリーとマルコシアスは密かに驚いた。

そちらは完全に無視して、カムシンは麦藁帽子を被る。

「ああ、どうです、おじょうちゃん」

「ふむ、少しは男前が上がったかの」

僅かに伏せられた鍔の大きな麦藁帽子は、彼の傷だらけの顔を程よく隠していた。

「はい、かわ——かっこいいです」

吉田は頬をかいて訂正し、その訂正した分を力強く言い切った。

カムシンはそれを笑うでもなく、また軽く頷いた。そうして、自分でどの形が被り良いか、いろいろと角度をいじる。その姿だけを見ていれば、歳相応の子供にしか見えなかった。

しかしもちろん、本質は全く違う。最古のフレイムへイズたる少年は、シャナの胸元にあるペンダントに、角度を直した帽子の下から声をかける。

「ああ、〝天壌の劫火〟、我々はこれから近隣の外界宿を巡って、[仮装舞踏会]を始め〝徒〟の集団の動きを探ってみることにします」

「ふむ。なにか、無性に嫌な予感がするのでな……不穏な動きがあれば、改めて報せよう」

アラストールも重く答える。

「頼む。恐らく我々は、ここより動けぬだろうからな」

老フレイムへイズは僅かに頷き返した。

そしていきなり、佐藤と田中の方に顔を向けて言う。

「ああ、私の知る限り、フレイムへイズと轡を並べて戦えた人間は、ごく僅かな例外しかいません――」

少年二人は、『マージョリーとともに世を渡り、ともに強く生き、ともに何事かを為したい』という切望、その核心を不意に突かれてぎょっとなった。

「――が、友情を育み、また愛し合った者なら無数にいます。もちろん、その最後には避けえぬ離別も訪れますが……まあ、これは人間同士でも同じことでしょう」

「ちょっ、なに無責任に焚き付けてんのよ!?」

二人の顔に露骨な喜びの色が宿るのを見たマージョリーは怒鳴った。

平然当然としたベヘモットの声が返る。

「ふむ、事実は事実じゃよ。知られたところで困難であることに変わりはないからの」

「ケーッ、詭弁もいいトコだな。今から逃げるジジイは気楽でいいぜ」

マルコシアスが珍しく、悪意のみを表して毒づいた。彼は少年らの無謀な望みに、少年らのためを思って、反対していた。

もちろん古きフレイムヘイズは動じない。さらに、悠二とシャナに向き直る。帽子の鍔の下から褐色の瞳で二人を見据える。

「ああ、[仮装舞踏会]ほどの組織に『零時迷子』があると知られた以上、今となっては留まるが得策か、去るが有利かは一概に言えなくなっていると思いますが……」

言われた二人は答えず、揃って押し黙った。

一昨日の事件の傷痕である、駅舎を始めとする一連の破壊は、実際に被害に遭った者も含めて、半端な形で世間に認識されていた。

というより、誰も事態の正確な経緯を覚えていなかったのである。

事件の首謀者たる〝紅世の王〟の張り巡らせた仕掛けと、カムシンらの行おうとしていた調律が干渉し合ったことによる副作用の、これが結果だった。

人々は事件の開始時点から、起こっている現象を当然のことと受け入れてしまう『平静の波』とでもいうような力を浴び続け、やがてその重度な影響で『今ある全てを受け入れた無気力状態』に陥ってしまったのである。目の前で起こり動くものに対する心の動きを、一時的に失ってしまっていた。

人々にとっては、気が付いた瞬間、駅は既に全壊状態、街のあちこちにも破壊の跡がある、といった状況である。調査しようにも、誰からも証言は得られなかった。

実のところ、人々は自失する前、戦いの初期段階において、シャナやマージョリーが空を飛ぶ光景や炎を巻き起こす様子などを目撃していた。しかし、誰もそれを言い立ててはいない。これは平静の波によって、誰もがそれを当然の光景、と感じさせられていたからだった。もし、

「燃える翼で空を飛ぶ少女を見たか？」

という形で誰かが訊けば、その人は、

「ああ、見たけど、それがなんなんだ？」

と答えただろう。

見ていた側は、それを至極普通の光景と捉えていたのである。

事件の実態を多くの者が見て、しかし全く広まることのなかった、これが理由だった。もちろん、破壊の方法や状況についての解明なども、人間には不可能である。

謎だけがそこかしこに散在し、マスコミがそれを材料に無数の風評を撒き散らしている、というのが今の御崎市の状況だった。

これらは、まさにカムシンとベヘモットの調律、そしてこれを利用した〝紅世の王〟の仕掛

けによって偶然得られた、まさに僥倖だった。実際、戦いに関わった誰もが——シャナやマージョリーは元より、悠二や吉田でさえ——最後の反攻作戦では、ある程度の犠牲が出ることを覚悟していた。

そうならなかったのは、ただの運に過ぎない。

次もそれが得られるとは限らない。

「ふむ、しかし一昨日の戦いで、人々の心身への傷痕、物への損害があれだけで済んだのがた、また、まじゃったことは、覚えておいても良かろうな」

悠二は唸るように、正論を容赦なく突き付ける調律師たちに答える。

「もっと慎重に考えて戦えってことだろ、分かってるよ」

一方のシャナは、鼻をフンと鳴らしただけだった。

これでようやく、全てを言い終えたらしい。カムシンは、最後に別れを告げる相手、吉田一美に体ごと振り返った。

雨の中、なんとなく、一同の間に沈黙が降りる。

それを破ったのは、以前の彼女では決してできなかっただろう、吉田だった。

「カムシンさん、これを」

彼女は言って、ポケットから一つの物を取り出す。

それは、可愛らしいシールで綴じた、小さな布包み。

「お借りしてた『ジェタトゥーラ』……返します。少し汚れてたので、綺麗に磨いておきました」

カムシンは麦藁帽子を頷かせると、その中身、少女に残酷な『この世の本当のこと』を見せた片眼鏡を受け取り、内懐に収めた。

そして、老フレイムヘイズは、それがまるで旅立つ儀式の終わりであるかのように、

「ああ……では」

「ふむ、行くか」

誰かにではなく、互いに声をかけて確認し合った。

「……」

吉田も感じた。

別れの時が来たと。

カムシンは、もらった麦藁帽子を大事そうに紙袋に収めると、元通り雨合羽のフードを深く被る。少女の差し伸べる傘の下から、後ろに一歩を踏んで出た。

傘から一歩外で雨を受け、二人は口を開く。

「ああ、もう、助言は不要ですね。私たちに二度と会わないよう」

「ふむ、そしてそこで幸せになれるよう、二人して願っておるよ」

心身を一にするフレイムヘイズ『儀装の駆り手』は、最後に声を合わせて言った。

「「ありがとう、吉田一美さん」」

「‼　……はい」

吉田は、雨に濡れるフードの奥で、少年が明るく笑ったのを、たしかに見た。

断章　参謀の帰還

細かく重く質感を響かせて、巨大な石造りの扉が閉まった。

その宮殿の床は、まるで漆黒の水晶のように、三人の帰還者を正反対に映し込む。

程なく、内に広がる透き通った闇とでも言うべき空間に、銀色の雫が舞い、物体の輪郭を形作ってゆき……両脇に並ぶ列柱となった。

三人はその、天井も壁も見えない幻想的な廊下を進む。

「久々の『星黎殿』だ、少しは懐かしいかね、教授?」

優雅な足取りで先頭を行く女性が、振り返らずに言った。

闇に紛れそうな灰色のタイトなドレスと、艶かしく浮かび上がる白い肌が対照的な、妙齢の美女である。体中をアクセサリで飾っているが、特に長い鎖を両の肩から腕にかけて巻いているのが目立った。

女性は、右の目に眼帯を着けていた。

しかし、目は二つ覗いている。

つまり、三つ目の女性だった。

額と左、ぎらつく金色の瞳が、なかなか返らない答えを求めるように左へと流れる。

それを察して、女性に続く『教授』は仕様がなく、興の薄さも露に答えた。

「後ろを振ぅーり返る趣味はあぁりませんねぇ」

ダランと長い白衣をまとった、ひょろ長い男である。足取りも枯枝を振るように軽い。

「なぁーんにも変わってないとなれば、見ぃーる価値もありませんよ」

研究と実験と発明に已が存在の全てを賭ける彼は、懐旧という感情を持たない。本来は好奇心の塊として輝く鋭い双眸も、今は分厚い眼鏡の奥に鳴りを潜めていた。

片方の手で、頭に巻いたベルトごとガサガサの長髪をかきむしり、もう片方の手で、首から掛け紐でぶら下がる無数の道具をいじっている。いかにもつまらなさそうな風情だった。

と、その後ろから、ガッシャンガッシャン金属の足音をうるさく鳴らして続く三人目が声をかけた。

「でも教授ー」

ガスタンクのようなまん丸の体に、パイプやコード等で適当にそれらしく作られた手足を持つ、二メートル強の物体である。

「銀沙回廊はただの通路だから変わるわけありまへひはひひはひ」

頭頂にネジ巻を突き出し、膨れた発条に歯車の両目を付けた顔らしきもの……その頬が、マジックハンドに変形した教授の手につねり上げられた。

教授は腰から上だけを真後ろに半回転させ、自分の下僕をつねり上げつつ歩く。

「ドォーミノォー、私がこぉーこにいれば変ぁわっていたかもしぃーれないでしょう？　おぉー前はそれでも私の助ぉ手ですか？」

ドミノと呼ばれた〝紅世の徒〟の下僕である〝燐子〟は、ようやく離された頬をシャリシャリと擦って目の前、上半分だけ反対に歩く教授に言う。

「さっき振り返らないって言ったばかひひはひは」

「ドォーミノォー、おぉーまえには研究に必要不ぅー可欠なフゥーレキシブルな発想が足ぁーりませんよぉ？」

再びつねりつねられる彼らの進む先で、列柱を現したときと同じく銀色の光の粒が集い、半秒、それは重厚な両開きの扉を形成した。間を置かず、扉は開く。

「おかえりなさいませ、〝逆理の裁者〟ベルペオル参謀閣下」

何者かの声とともに白い光が回廊の黒を掻き消し、いつしか三人は殺風景で広いドーム状の部屋の端に立っていた。

彼女らの前で、一人の男が腰を屈めている。

背中に蝙蝠の羽を一対畳み、尻尾が後ろに細く伸び、胸の前に添えられた右手の爪も鋭く、尖った耳と二本の角が、ぞろりと伸びた黒髪の間に見える。鉄鋲を打った頑丈そうなベルトには、分厚く長い鞘に収まった湾曲刀まで提げていた。

今時見ない、ステロタイプな悪魔の様相である――が、

「宮橋は収納を完了、『星黎殿』は定刻の回遊に入ります」

腰を伸ばしたそこに現れたのは、押しの弱そうな『小役人』とでも表現すべき中年男の顔だった。細く垂れた目と削げた頬、微妙に広い額にかかる後れ毛が、同情と哀感をそそる。よく見れば身形も平凡なスーツ姿で、体の付属品とのミスマッチがはなはだしい。

その顔が、さっそく驚愕に変わった。

「おわはっ！〝探耽求究〟様⁉」

「んーんん、ひぃーさしぶりですねえ、フェコルー」

教授が上半身はそのままに、首だけ前向きに戻してニイッと笑った。

その背後から、ドミノも大きな体を前に傾けて挨拶する。

「どうも、ご無沙汰してます、〝嵐蹄〟様ー」

ハワワ、と指を咥えて怯えるフェコルーは無視して、眼帯二つ目の女性・ベルペオルは、体中のアクセサリを鳴らしてドーム中央に進む――と、その擂鉢状に降りる階段の底、どす黒く煤をまとわり付かせ、上向きに口を開けて灰を満たす巨大な竈の様子が、常と違っていることに気付いた。そこに刺さっているはずの杖と槍がない。背後を向かず、声だけを背後に放る。

「フェコルー、『トライゴン』も『神鉄如意』もないようだが」

その問いに、ばね仕掛けのように背筋を伸ばして反応したフェコルーは、滅多に無い状況への戸惑いとともに説明する。

「は！　それが、お二方ともに、ご出立なされまして」

「、、、二人とも？」

平静を常とするベルペオルが驚きに目を見張った。

「は。将軍閣下が六日前に、大御巫が三日前にそれぞれ、大命を果たすためと申され、別途に発たれました」

たしかに、この大竈『ゲーヒンノム』に突き立てられた宝具は、大命の遂行時にしか使用されない決まりだが、それにしても、ベルペオルとしては俄かには信じ難いことだった。

片や、本拠地『星黎殿』に寄り付くことさえ滅多にない、将軍〝千変〟シュドナイ。

片や、大命の降下すること自体が稀な、巫女（大御巫は尊称）〝頂の座〟ヘカテー。

（はて、これは何かの兆しであろうかの）

参謀〝逆理の裁者〟ベルペオルを合わせて『三柱臣』と号し世に恐れられる、〝紅世の徒〟最大級の集団［仮装舞踏会］の幹部三人同時の活動など、この数百年無かった事例である。

（他でもない『零時迷子』の件もある……やはり教授を連れ帰ったのは正解だったようだ）

そんな心中の訝しさを、しかしベルペオルは面には出さない。

（まずはヘカテーの帰還を待って、目処が立ちそうか、諮るとしようかね）

考えつつ、軽く左手を振る。

すると、彼女の肩から腕に巻きついていた鎖が、竈へと漂い出した。そのまま、平面に満たされた灰の上をクルクルと、ゆるく渦巻いて滞空する。

そうしてからようやく、彼女は振り返った。

「フェーコルウー、私の研究室は、そぉーのままにしてあーるんでしょうねえ?」

「ははは、はひぃ、も、もちろんです、〝探耽求究〟様」

などとフェコルーを覗き込んで怯えさせている教授に言う。

「やれやれ、ヘカテーを喜ばせようと思って、お前を迎えに行くという用向きを伏せていたのに、生憎と出かけているらしい。残念だよ」

「んー、ヘカテー? はあーて、誰でぇーしたか?」

まだ上半身を逆にしたまま、教授は首を捻った。とぼけているわけではなく、真剣に悩んでいるのである。

後ろからドミノが耳打ちした。

「教授、笛の巫女様ですよ。笛を十六回も改造してあげたじゃないですはひははは」

「おぉーしえられなくても、当然、無論、分あーかってます」

教授は逆さの上半身で背後のドミノをつねる。もう片方の手が、疑問の形に添えられるべき顎を探して、後頭部をわさわさと蠢いていた。

「しぃーかし、あぁの子でも外に出ぇることがあるとは、知ぃーりませんでしたねぇ」

薄い唇を切れ上がらせて、ベルペオルは笑う。

「この『星黎殿』を包む『秘匿の聖室』は、あの子の力を展開するのに邪魔なんだよ。折角客を招いたというのに、張り合いのないことさね。まあ、どうせすぐ……ああ、そうだ」

ようやく教授の前から数歩下がって一息吐く貧相な〝紅世の王〟（！）に問い質す。

「フェコルー、〝壊刃〟は訪ねて来なかったかね」

教授の眉がピクリと跳ね、ドミノがムッと唸った。

フェコルーは数秒、記憶を手繰り、答える。

「は、停泊地での来訪、帰還した巡回士や捜索猟兵からの連絡、いずれも受けておりません」

「そうかい。行き逢った際、回遊路と停泊地を教えておいたのだが……やはり、東洋になんぞ用でもあるのだろうかね」

「ふん、あんな奴」

ピー、と蒸気を噴いてドミノが呟いた。両目の歯車がグルグル回っているのは、彼が興奮している証拠である。

普段はとみに温厚で、〝徒〟に対しても敬意を払う（中には作った者に似て、無礼な者もいる）この〝燐子〟があからさまに怒っているのを、ベルペオルは珍しく思った。

（そういえば）

出会った際、〝壊刃〟の方も相当カリカリ来ているようだった。あの男もかなりの不平屋ではあったが、怒るという場面を見た記憶は、彼女が過ごした長い歳月の中でもそうはなかった。

「教授、いったい〝壊刃〟になにをしたんだね？」

訊かれた教授は、フン、と鼻で笑った。

「なぁーんにもしぃーていませんよ。そぉれより、あぁーの因習旧弊の徒めは、私の研究と実ぃーっ験を――」

首を除く上半身だけが正反対の教授は、僅かに顔を伏せた。

傾聴すべくフエコルーは耳をそばだて、逆にドミノはこっそり一歩下がった。

「ッ『イイ――カレたからくり』などと侮辱したのですよ!!」

両腕が正反対のままワキワキと蠢く。ドミノは一歩下がっていたため、代わりにフエコルーがこれに捕まった。

「のわはー!?」

そのまま襟首をギリギリと裸締めの要領で絞り上げられて、中年顔が悶絶する。

「――のごっ、ほっ、っ――」

「教授、それは私の部下だよ」

ベルペオルにたしなめられて、ようやく教授は自分が別人を捕まえていると気付いた。首が正反対を向いて怒鳴る。

「ドォーミノォ――！　よぉそ様に迷惑をかけるとは、そぉーれでも私の助手でぇすか!?」

「ひ――!!　すひはへんふひはへん!!」

改めてドミノをつねり上げる教授に、溜息を吐きつつベルペオルが訊きなおす。

「それじゃあ、〝壊刃〟の方が怒っていたのはどういうわけだい？」

「んー、ちぃーっとも分ぁーかりませんねぇ。あいつが持ってた骨董品を一本、ものすごーく超・強力でカッコイイものに改良してあげたら、どういうわけか怒り出ぁーしましてねぇ。ドォーミノォー、アレを、持ぉーっていますね？」

教授は、胡散臭い含み笑いを浮かべつつ、助手に指示した。

「痛たた……はぁーい、少々お待ちを……よいしょ」

頬を擦りながら、ドミノはガスタンクのような腹を開く。

「ものすごーく超・強力でカッコよく改良してあげた骨董品、と――あった、コレでーす!!」

機械部品のいっぱい詰まった腹の中から、一振りの剣が摑み出された。

西洋風の、両手で持つ型の大剣である。技巧の粋を凝らされた装飾と、宝具自体の持つ風格が全体に漂っている。相当な業物と、容易に察することができた。

ドミノはそれを軽く頭上に差し上げると、柄元のスイッチを、

「えい」

と握り込んだ。

ギュイイイイイイイイイイイン、

と刀身が高速回転する。

そんな自作の機能美にウットリドキドキしている教授に、ベルペオルは一応、確認のために訊いた。

「……これは？」

教授は上半身を（一回転半させて）元に戻すと、胸を張って堂々と答えた。

「ドォ――リルです」

「……ドリル？」

教授は得意満面、両腕を誇らしげに広げ、再び答える。

「そう！　浪漫の結晶、ドォーリルです!!」

声に負けず高らかに、

ギュイイイイイイイイイイイン、

と刀身の高速回転する音が、『星黎殿』中枢に響いていた。

2　その一日

御崎高校の生徒に限らず、学生という身分には、避けえぬ試練が定期的に訪れる。いわゆる『テスト』という筆記による学力査定で、学校とは極論すれば、これを実施する、あるいは強制するための機関とさえいえた（生徒たちには異論もあるだろうが）。ミサゴ祭りも終わり、夏休みを目前に控えた今、学校はいよいよその本領を、嫌な形で発揮しようとしていた……が、今年はどうも、事情が複雑である。

昨日の雨も上がった、月曜の昼下がり。

常にも増して騒がしい市立御崎高校一年二組の教室で、いつもの面子六人が机を寄せて昼食を食べている。

「何年か前までは、もう少し余裕のある日程だったらしいね」

御崎高校では毎年、ミサゴ祭りが終わった次の週に期末テストを行う（市の実行委員もその辺りを勘案して、県教委と開催の日程を諮っているらしい)。

今年は月曜日に試験直前の説明を兼ねた通常授業を行い、続く火・水・木を試験、金・土・日が試験休み、そして翌週の月曜日に試験結果の返却と通信簿の配布、一学期の終業式を行う、という日程である。生徒たちにとっては実質、試験休みが夏休みの始まりだった。

「特に試験休みは長かったらしいよ。年毎に制度が変わるところもあるらしいし、週休二日なんかのせいで、指導要領とか授業日程とかが混乱してるみたいだ」

訳知りに話をしているのは、一年二組のお助けヒーロー・メガネマンこと池速人である。

「ま、制度がどうあれ、生徒の側は通知された日程をこなすしかないんだけどね」

言って、ホカ弁の焼肉をかき込む。

他の五人、坂井悠二、シャナ、吉田一美、佐藤啓作、田中栄太は、それぞれの知識の範囲や興味に応じて、適当に相槌を打った。

今日はクラス中、というより学校中が、三日前のミサゴ祭りで起こったらしい、謎の事件の話題で持ちきりとなっている。今も周りでは、

「白峰駅の怪電車、ケータイのカメラで撮られててさ――」

と号外の新聞を見せ合う者あり、

「駅を見てきたんだけど、ムチャクチャだったよ――」

と身振り手振り惨状を説明する者あり、

「ほら、駅前広場、看板の燃えカスのところに、鑑識ってやつ？　いっぱいいたぞ――」

と初めて見た状景に興奮する者あり、

「レポーターとかカメラマンとか、すごい人数だったよな。俺インタビュー受けたぜ――」

等々、昼飯時の話題として喧々囂々叫ばれている。さらには、

「復旧作業で駅前交差点が通行止めでしょ、大通りが臨時で歩行者天国になってたよ――」

「どっかの喫茶店、さっそくテーブルと椅子、外に出して、オープンカフェにしてたね――」

自分たちの街の様変わりに驚いたり、

「それより他所から来る野次馬が多くてさあ――」

「御崎市駅、夏中はまず復旧は無理だって。最悪――」

などと、現実の迷惑に顔を顰める者もいた。

詳細や原因が不明な出来事というものは、であるからこそ余計に、噂話としてはつつき甲斐があるらしい。一年二組の教室内だけでも、話題は尽きず溢れていた。

ただ、ここにいる六人だけが、別の話をしている。

というより、六分の五人が事件の真相を知っているので、最初から話す気がない。池から試験の話を色々聞いているのは、彼らにとっては『御崎市を巻き込む〝紅世の王〟の襲撃』という終わった事件よりも、目の前に迫った『夏休み前最後の関門にして試練たる期末試験』の方こそが、現実として大問題であるからだった。

その中、コンビニオニギリを早々に平らげ終わった田中が不平を漏らす。

「さっき体育のオッサンに聞いてみたんだけどさ、その何年か前の試験休みは一週間くらいあったらしいぞ。いいよなあ」

「でも、代わりに土曜の授業が増えるんだろ？　そんなの嫌だね」

半分になった焼きそばパンを片手に、佐藤が答えた。

吉田も小さな弁当をつつく箸を休めて言う。

「もし授業時間を減らしても、教えないといけない学科の量は変わらないから、しわ寄せは私たちと先生と、両方に来るんじゃ……？」

目線等、僅かな挙措で話を振られたと気付いた悠二が続ける。

「ホント、誰が決めてるんだか。それより、終業式直前の休みがもったいないな。試験とか終業式とか、全部まとめて二、三日で終わらせて、早く夏休みにして欲しいよ」

その主張の不適当さを、シャナがさっさと突く。

「生徒の側は、試験が集中すれば日程に余裕がなくなる。教師の側は、試験の採点と通信簿の評定のための時間がなくなる。どっちも苦労するだけハム」

指摘するや、彼女は自分のメロンパンを——彼女曰く『カリカリモフモフ』と——頬張る。

「……そりゃ、そうだけど」

悠二の、もっともらしく生徒を代表した意見に相槌を打ちかけた佐藤と田中が、慌ててシャナの側に回って同意する。

「そうそう、そのとおり」

「いーかげんなこと言うなよなー」

そんな二人の調子の良さに、池はクスリと笑う。

逆に悠二はぶすっとなって、吉田の作ってくれた弁当をパクついた。

「……相変わらず、美味しいな」

「そ、そうですか。ありがとうございます」

もはや定番となってしまった(ごく一部＝約一名には不評な)、二人のやり取りである。

「この……切ってあるピザみたいなの、なに?」

「それはキッシュっていう、フランスのお惣菜みたいなものです」

訊かれて、吉田は嬉しそうに解説する。これも、いつものこと。

「パイ生地に野菜とクリームを入れて、チーズを載せてから焼くんです。野菜が美味しく食べられるから、よく作るんですけど……好みの味でしたか?」

「うん。ほうれん草とか、チーズと混ざったらこんなに美味しいんだ」

「はい。食べ過ぎると、ちょっと太っちゃいますけど」

「はは、吉田さんは全然大丈夫——」

「悠二」

と、急に横合いからシャナがぶっきら棒な声をかけた。

「えっ？」

「今日あげたチョコレートは、洋菓子の老舗として有名な『おたふく屋』の物なの。創業は明治三十五年に遡るし、菓子博覧会でも度々受賞してる銘菓の中の銘菓なんだから」

「はあ」

シャナは張り合ったつもりらしい、お菓子そのものとは全く関係のないデータによる主張を終えると、なぜか微妙に勝ち誇ったような顔で、メロンパンを再び食べ始める。

そんな彼女の行為に悠二と吉田は顔を見合わせてキョトンとなり、佐藤と田中は笑う。

（……？）

ふと池は、このいつもの光景に違和感のようなものを覚えた。それを訝しみつつも、途切れた会話のフォローとして、話を元に戻す。

「……それで、明日からその試験だけど、皆は試験勉強はしてるわけ？」

基本的に、答えは決まりきっている質問だった。

御崎市在住の少年少女なら、まず間違いなく『やってるわけがない』と答えるはずである。

い、い、いや、学生としての社交辞令、というだけではない。誰もが、その直前にあるミサゴ祭りへの用意に全力を傾注し、テンションを合わせているからである。

生徒が抜け殻のようになってこの期末試験に臨むのは年毎の、教師にとっては割と迷惑な恒

例といってよかった（もっとも、今年はそのミサゴ祭りで事件が起こったため、祭りの前よりも変な意味でのテンションは上がっているのだが）。

そんな池の問いに、案の定、佐藤と田中は、渋い顔になる。

「んなもん、してるわけないだろ」

「ちょっと忙しかったしな、ははは、は」

マージョリーに付いていくため、学業とは全く別の分野を頑張っていた二人は、相応の実りとペナルティを等量、背負うこととなっていた。元から成績が良い方とは言えない二人にとって、これはかなりのピンチである。

悠二の成績は中の上下を行ったり来たりというレベルだが、今はやはりいろいろあって、下の方に傾いていた。冷や汗とともに頷く。

「うん、たしかに、忙しかった」

「そ、そうですね」

吉田は概ね成績良好だから、これはただ相槌を打っただけ。

「あむ、んむ」

やり取りを無視するシャナは、最後のカリカリを、口元を緩ませて食べている。

「……？」

他者の雰囲気に敏感な池は、彼らの口ぶりや態度に違和感を、今度はより進んで、繋がりとして感じた。

そしてふと、今朝のことを、自分のあずかり知らぬ変化のことを、思い出した。

(なにか、関係があるのかな)

実のところ、彼は今日、登校することに恐さのようなものを感じていた。

彼はミサゴ祭りの中、息を切らし顔色を蒼白にした吉田と出会っていたのである。

彼女のあの表情は、どう考えてもただごとではなかった。彼女にとって、なにかとても酷いことが起こったに違いなかった。それを一目で看破した彼は、その日の学校で彼女から助けを求められなかったことを悔しく思っていたこともあって、今こそ自分が、と意気込んだ。

なのに、そのはずなのに、その後、彼女となんとなくはぐれてしまった。

あんな表情をした彼女を放って。

常の彼からは考えられない失態だったが、現にはぐれて、いつしか祭りの中を一人、歩いていた。その後もちろん探しもしたが、相手は万単位の人波である。彷徨っている内に、祭り自体が終わってしまった。全く、冴えないとはこのことだった。

しかし、本当に不可解なことは、今朝起こった。

祭りでのことに気を重くして早朝の教室に入った彼を、他でもない吉田が迎えたのである。

その彼女は、はぐれる直前の憔悴ぶりが嘘のように生き生きとしていた。

(——「あの少し前に嫌なことがあって、混乱してて……でも、もう大丈夫だから」——)

と恥ずかしげに言った彼女は、はぐれたときの……さらにその前の彼女と、明らかに違っていた。支えてあげなければ倒れてしまいそうだった、あのどうしようもない頼りなさが、嘘のように消えていた。微笑む優しさに、力があった。

（なにが、あったんだろう）

それからずっと、池は考えていた。

彼女が自分の知らない場所を進み、自分の知らないなにかを潜り抜け、自分の知らない結果を経て、全ては解決した。

子供ではないから、そういうことになっても別に不満は——たぶん、まあ、おそらく、とりあえず——ない。彼女を積極的に助けていた、お節介を焼いていたときも、彼女にそういう強さを持って欲しいと思っていた。

しかし、実際に彼女が自分の助けなしで変わってしまうと、もう自分の助けが要らなくなっただろうことを理解してしまうと、寒々しい喪失感を抱かずにはいられなかった。

ここまで変わった理由は、一つしか考えられない。

（坂井——かな）

悠二が彼女に、なにかをした。

あるいは彼女が悠二に、なにかをした。

（彼女が強くなった……ということは、彼女から、したんだろうか？）

そういう色眼鏡で見れば、今日の悠二にはたしかに、何気ない貫禄というか、そこはかとない余裕のようなものが感じられる。

(坂井も、吉田さんと一緒に変わった、のか?)

そう下世話な勘繰りをしてから、胸が痛くなることに改めて驚く。

そもそも彼女を助けていた目的は、坂井悠二との仲を取り持つことだったのだから、これは全く不条理な痛みというべきだった。それらの情動でさえ冷静に分析できてしまう性分も含めて、自分というものに嫌気がさす。

(やれやれ)

思わず溜息を、あくまで心中において漏らすメガネマンだった。

他人から頭がいい要領がいいと言われているが、実際には自分の気持ち一つとっても、この体たらくである。今も、のけ者にされたような気がして、僅かに不満を感じている。もちろん根拠などなく、だからどうするわけでもない。

が、やはり、なんとなく不満を感じる。

(本当、情けない)

と、

「ん……?」

自分の後ろに気配を感じて振り向く。

バカ話で笑う谷川と小林、またお化粧直しをしている中村、なんだか急いで弁当をかき込んでいる笹元……などの教室の喧騒を見回してから気がついた。自分の椅子の後ろに、誰かが隠れるように張り付いている。

「へへー」

かくれんぼで見つかった子供のように笑ったのは、緒方真竹だった。

「なに、緒方さん」

池の言葉に、田中の顔がいきなり緊張に強張る。

逆に佐藤は、にやりと意地悪な笑みを浮かべた。

「え、と……」

腰を伸ばした緒方は、背が高い。女子バレー部に所属しているため全体的にスリムで、容姿も性格も、『可愛い』というより『格好いい』部類に属している。それがなぜか、今は態度も表情も、妙に浮ついて見えた。

「さっき池君たち、試験のこと、話してたでしょ？」

「……してたけど？」

池が素直に答えると、緒方はそっぽを向いてゴホン、と咳払いをしてから言う。

「あのさ、勉強会、しない？」

「勉強会？」

近頃の学生としては、まず聞いたことも無いだろうイベント名である。

緒方は息を吸うと、

「今日から三日、皆で集まって試験勉強するの。実は私も、結構ヤバくってさ。池君や一美に教えてもらったら、一夜漬けの連続でもなんとかなるかなあ、って思ったりしたわけ。だから、それ、それで、良かったら、ここのみんなでさ」

と早口で一気に、まるで公式を暗唱するかのような必死さでまくし立てた。やけに最後の『みんな』を強調していたり、その言う途中にチラチラ田中の方を窺ったりした様子から、

（ははあ）

と聡い池は看破して顎に手をやり、
吉田は恋する者同士の共感から思わず口を押さえ、この提案の真の狙いを悟った。

（わあ……）

他方、

「くっくくっく……」

「な、なんだよ、変な笑い方しやがって！」

横目で笑う佐藤に怒鳴る田中が真っ赤になっている。

事実としては佐藤だけ知っていることだが、緒方は、田中に告白したばかりである。ミサゴ祭りの帰りに……というとムードがあるように思えるが、実際には、常人にはそうと知られぬ

〝紅世の王〟襲撃最中のことで、田中としてはそれどころではなかったりした。

もちろん告白への返事もうやむやのままとなっている。互いに緊張と照れがあるのも、当然といえば当然だった。

「ど、どう？」

もう声も裏返りかけの緒方は、なぜか悠二に訊いている。この六人で、無関心が分かりきっている少女を除けば、彼が中心であるような気がしたのだった。

「勉強会、ねえ……」

そこまで買われているとは知らず、悠二は呑気に考える。たしかに、池や吉田、シャナに教えてもらえば、やや低調気味の成績も上がる可能性はあった（自分としてもいちおうそれなりに勉強時間は取っている、と主張したい彼である）。

と、池が不意に賛同の声を上げる。

「いいじゃないか、僕は構わないよ」

緒方と田中のことに気付き、間を取り持ってやるためのお節介……というのは、自分の表層に対するものも含む言い訳である。

彼は、吉田との関わりを今になって欲したのであり、また彼女を変えた悠二への対抗心や嫉妬からの衝動にも駆られていた。彼の心は複雑なようで、単純だった。悪意に似ていたが、陰性なものではなかった。

池速人は一少年として、坂井悠二が何事か乗り越えたように見えることが、悔しかったのである。

悠二の方は数秒、何事か考えてから、

「う……ん」

友人の言葉に押されて、唸るように答えている。

「俺もサンセー。つか、ありがたいぞ——な？」

佐藤が言って、隣で体ごと横を向いている友人の肩を叩いた。

叩かれた田中は細い目を横に流して、そこに緒方決死の視線を受けた。それとまともに相対することができず、真っ赤になって目を逸らし、

「あーもう、いいよ、オーケー、問題なし。これでいいんだろ」

と観念する。

やった、と露骨に顔を輝かす緒方を見て、吉田は自分の向かいに声をかける。

「……シャナちゃん？」

「んむ——」

一人、我関せずを装って一口羊羹を齧っていたシャナは、ようやく口を動かすのを止めた。

手にした包み紙を、既にいっぱいになったゴミ用ビニール袋に入れてから考える。

勉強会、という言葉は初めて聞いた。単語自体から、また会話の内容から、だいたいの内容

は類推できる。吉田の言葉が『一緒に行こう』という意味であることも理解していた。興味もいちおう、あるにはある。しかし同時に、

(どうして、そんなことが言えるの)

以前はオドオドしていただけの少女が、今はごく自然にそういう言葉を『敵』にかけられるようになっていることへの恐れもあった。そんな『敵』の優しさが、胸にこたえる。

(もっと、嫌な奴なら良かったのに……)

あの事件があった夜、吉田一美は、坂井悠二に「好きだ」と言った。

ずっと前にそう言うと宣言されて、そしてとうとう、言われた。

(私だって……悠二のことが好き)

あの事件の前までは、フレイムヘイズたる自分だけが、坂井悠二のことを知っていた。

この街に巣食っていた〝紅世の徒〟一味に襲われ死んだ人間・坂井悠二の残り滓、時の事象に干渉する〝紅世〟秘宝中の秘宝『零時迷子』を宿した〝ミステス〟、フレイムヘイズ以上に〝存在の力〟を微細に捉える鋭敏な感覚の持ち主、いざという危難に際して、異常なまでに頭を冴え渡らせる切れ者、
それら、坂井悠二の本当の姿を。

(それ以外だって、たくさん)

手を繋ぐときの癖、食べ物の好き嫌い、手合わせで弱いところ、強いところ、普段の生活で

いい加減なところ、こだわってるところ、一緒にいて、いろいろ、たくさん、知っている。

（でも）

あの事件で、吉田一美も坂井悠二の正体、本当の姿を知った。

彼という存在が、既に亡い『本物の坂井悠二』の残り滓であるということを。

なのに、その上で彼女は、坂井悠二に『好きだ』と言った。

信じられなかった。

本当のことを知ったのに。

彼女は自分や悠二と同じ場所に……自分と悠二だけの場所に、踏み込んできた。

自分がフレイムヘイズであることは、もう有利に働かない。

こんな状況は想定したことがなかった。

彼女は、対等の相手になってしまった。

（この私が、悠二を好きなの）

そうやって駄々をこねても、もう彼女は引いてはくれない。こうしている間にも、彼女の『坂井悠二との時間』は増え続けてゆく。自分だけが知っていた、いろんな坂井悠二が、彼女に取られてゆく。

しかし、今以上に動けない。

（恐い）

この、悠二を想う力は、あまりに強すぎた。
自分の意志で制御ができなかった。
戦いの中でも、それ以外でも、
でたらめに、不条理に、
暴走し、爆発する。
そんな危険で恐ろしい思いを、三日前の事件で嫌というほど味わった。
集中せねばならないときに悠二のことを想い、
彼がそこにいないだけで自分の戦いに不安を抱き、
唐突に彼のことを思い出して激しい寂寥感に苛まれる。
あそこまで精神の安定と均衡を欠いた戦いは初めてだった。
おかしなのは、その前の戦い――愛を実践し、それに斃れた〝紅世の徒〟との戦い――のときも同じ気持ちを持って戦っていた、そのときは信じられないほどの歓喜と無限に湧き出す力を得ていた、ということだった。
全く、わけが分からなかった。
（好きが、恐い）
この『どうしようもない気持ち』のせいで、フレイムヘイズ『炎髪灼眼の討ち手』が、ただ一個の確たる自分が、使命への従事者が、形作られ研ぎ澄まされてきた全てが、乱され、揺るがされ、変わってしまう。

そんな無茶苦茶な力にこれ以上身を任せることが、たまらなく恐かった。

(なのに)

絶対に負けたくない、と思っている。

自分を乱し、揺るがし、変えてしまうこの想いを、抑えられる自信が、全くない。

それが最も、恐かった。

(それとも)

この気持ちのせいで、もう、なにかが変わってしまっているのだろうか。

ここに来た頃の自分がどんな存在だったか、よく覚えていない。

が、もしその頃に今朝のようなことをされたら、

(もっと違う対応をしてたかな)

自分でそんな疑問を感じられるほどには、たしかに変わっていた。


今朝、授業が始まる少し前のことである。

ギリギリで佐藤と田中が教室に駆け込んできた。その際、田中が軽く、

「おお、おっす、シャナちゃん」

と彼女に挨拶したのである。

それを聞いて、

「なにそれ？」

「しゃなちゃん？」

と他のクラスメイトが尋ね、佐藤が答えた。

「ああ、新しいあだ名。今日から、このお嬢さんの名前は平井ゆかりではなくシャナちゃんです。シャナちゃんをヨロシク」

「……」

座る彼女の肩に、親しげに手を置いて。

「変なの」

「なんで急に？」

「いきなり呼べって言われてもなー」

などと、数人が僅かに囁き合い、また首を傾げる中、佐藤は教室の片隅、吉田に片目を瞑って見せた。

吉田は頰と瞼を熱くして、お辞儀をするついでに、深く机に顔を伏せた。

シャナは、この街では『平井ゆかり』という少女を偽装して生活している。

『本物の平井ゆかり』は、この街で大規模な自在法起動を企んでいた〝紅世の王〟に家族ぐるみで喰われ、死んだ。シャナは、その死後に作られた平井ゆかりのトーチに存在を割り込ませ、街で暮らすための生活基盤と、秘宝を宿す悠二を見張るための立場を手に入れたのだった。

滞在も数ヶ月経ち、家族のトーチも消えたことで結果的に一人暮らしとなっているが、実際のところ、彼女の生活主体は坂井家にあり、平井家のあるマンションは夜になって帰る寝床程度の扱いである。『平井ゆかり』という名も、悠二やその母の千草からは『シャナ』と呼ばれているため、学校で使われる符丁程度のものでしかない。

しかし、吉田一美にとって『本物の平井ゆかり』は友達だった。

その友達が〝紅世の徒〟に家族とともに喰われたこと、フレイムヘイズの少女がその代わりになっていたことを、彼女は三日前の事件の際に知らされたのである。

彼女は少なからぬショックを受けたが、実はシャナという代役が存在するため、本来そこにいたはずの『本物の平井ゆかり』については全く思い出せず、喪失感もなかった。ただ、顔も思い出せない友人が死んでいた、という事実だけが、戸惑いとともに彼女の心を重くした。

それでも、世間的に生きていることになっている以上、これからもシャナは『平井ゆかり』と呼ばれ続ける。佐藤と田中は、そんな彼女の負担を減らそうとしたのだった。せめて、自分たち仲間と、もう少し広い範囲くらいは、『平井ゆかり』の名を使わなくて済むように。

「こら佐藤、なに朝から騒いでんだ」

「おっとと、失礼」

朝礼のため入ってきた担任に怒られて、慌てて佐藤は席に座った。

その周りから、僅かに声が漏れている。

「なんで『しゃな』？」

「さあ？　でも響きはいいかも」

とりあえず、数人が記憶の片隅に留める程度でも、まず宣告さえしておけばいい。実際に彼女と関わりの深い悠二や佐藤らのグループが使い続けていけば、いずれ他のクラスメイトにも馴染んでいく。あだ名とはそうしたものだった。

そんな短い騒ぎの中、シャナは肩に佐藤の手を置かれたとき、なんのリアクションも返さなかった。殺気を持っていなかったとは言え、他人が不用意に自分の体に触れたというのに、なにもしなかった。

それくらいはいいだろう、と許していた。

フレイムヘイズ『炎髪灼眼の討ち手』が。

（昔なら、佐藤啓作をぶん投げて、周りの騒ぎを黙らせるくらいはしてたかも）

その差異を自覚して、

（やっぱり、私……変わったの、かな）

戸惑いを隠すためにより表情を固める。

「シャナちゃん？」

（ん……？）

再び吉田から声をかけられて我に返ると、他の面子が自分のことを見つめていた。皆が無言のまま、一緒に来て欲しい、と求めている。それが分かる。

別に自分が採決権を握っているわけでも、自分が行かなければ勉強会とやらが成立しないわけでもないのだから、勝手に決めれば良いのに……などと思う一方で、彼ら少年少女がみんなでという行為を楽しく感じる生き物であることも考える。

（たしかに、断る理由も、ないけど）

緒方が合掌のポーズを取っている。これは、お願いを表す仕草であると教えられた。

池は特段の感情も見せず、逆に佐藤は期待を、田中は諦めを表して結果を待っている。

そして吉田が正面から、自分を見ていた。以前のような、気迫や対抗心を込めた視線ではなかった。ごく普通に、友人として接している。

絶対に相容れない『敵』であるはずなのに。

（嫌な奴なら……悠二を攫って、ここから今すぐにでも、出て行けたのに……）

その苦しさから逃れるように、つい隣の席にチラリと目線をやっていた。そうしてから、自分の取った行動に気付いて、眉を顰める。まるで他人に頼ったり、伺いを立てたりしているようで不愉快だった。

　その悠二が、気を向けられたことを察して訊く。

「どう？」

　最近の悠二は、変なところで鋭い。なんだか嫌な感じだった。

「……」

　しかしもちろん、本当は嫌ではない。

　躊躇いがちに答える。

「……私、それのやり方知らない」

「訊かれたことを教えればいいだけだよ」

　悠二は朝晩の鍛錬を思い、フォローする。

　緒方が全員参加を既成事実化しようと声を上げる。

「とにかく決まりね？」

「決まり決まり！　俺たちにはメガネマン先生が付いてる！」

「あー」

　佐藤が田中の肩を抱いて、一蓮托生と揺さぶった。

　池は苦笑して、向かいの少女に、複雑な気持ちを隠して言う。

「気楽に言ってくれるよ。まあ、吉田さんもいるし、なんとかなるかな」

「ええと、できる範囲なら」

そう謙虚に応える彼女を見て、

(ならほとんど全部じゃないかな)

と思いつつ、悠二は質問する。

「それで、やるのはいいけど、どこに集まろう?」

「佐藤ん家! 広いし人いないしご飯も作れるし!」

佐藤や田中と中学以来の友人である緒方が、当然のように言った。

御崎という街は、大河・真南川を挟んで、西と東を交互に発達させてきた。

「ほんのちょっとの間、家を空けてもらえるだけで構わないんです。お願いしますよ、マージョリーさん!」

「やあよ。あんたが言ったんでしょ、『好きなように暮らして構いません』って」

核となったのは西部の山腹にある御崎神社である。これは、暴れ川だった真南川を治め鎮めるための鎮守で、かなり古い年代に創祀された。中世になって、この低い山のなだらかな裾野に鳥居前町(神社の門前町)ができた。これが、街としての御崎市の始まりという。

「そ、そんな意地悪言わないでくださいよ、姐さん」

「なーにが意地悪なのよ。いつもだって、別にウロウロしてるわけじゃなし。ここで酒飲んでる内に、その勉強会とやらも終わるんじゃないの？」

その後、真南川の治水が進んだことで東部に広大な農村が現れ、主要街道からの近さ等の要因から、住人の生活密度は東部に偏在する形で増していった。その間、西部は御崎神社の社領を横領した小領主が館を構えたりするなど、統治する側の土地となっていた。

「だから、このバーはトイレのすぐ近くで……マルコシアスからも何とか言ってくれよ」

「ヒーッヒッヒ、ケーサクよお、我がものぐさなバラスト、マージョリー・ドーが自分からデカくて重いケツ上げたりするわきゃねブッ！」

やがて明治頃、御崎神社にゴタゴタがあり、社領が安く払い下げられることとなって、人口は西部に流れ込んだ。現在、住宅地と呼ばれている地区の基盤は、この頃にできている。ちなみに、御崎高校の創立も同時期である（旧制で『御崎尋常中学校』といった）。

「だいたい、ほんの何日か前に『出て行かないで』って泣きついたばかりのくせに、もう掌返したりするわけ？」

「そういうわけじゃ……ただ、姐さんのことを、ちょっと誤解してる子が……」

そして戦後、大地主のものだった東部全域が、農地改革で小作人に解放された。これに伴う区画整理に御崎市駅の竣工が重なり、現在『市街地』と呼ばれる近代都市としての東部が発展を始める。法制度の下、東西を合わせた『御崎市』、その誕生だった。

「あーん？　誤解ってなあ、なんのことでえ」

「いや、それは、その……」

佐藤家は、その東部でも指折りの旧家だった。区画の整理後、旧地主階級の人々が集住するようになった東部の、通称『旧住宅地』全てが、本来は佐藤家の地所だったことでも、その威勢の強さを容易に察することができる。現在も、その影響力はほとんど減じていない。

「とにかく出て行くのは却下。ここで寝てる」

「ヒヒ、ま、何事もないよう祈ってるこったな」

大通りから少し入った場所に突然現れる、区画丸ごとを覆う塀と、その中央に付けられた大きな門。これが旧住宅地の概観である。佐藤家の邸宅は、当然というべきか、この中でも相当に大きなものだった。また、近所というほどではないが、田中の家もこの地区にある。

「……佐藤」

「それしかないなら、とにかく祈っとけ」

かくして、少年二人の努力も虚しく、極めて威力の高い不発弾は処理されないまま、勉強会が始まる。

勉強会、と緒方が名付けたこの集まりは、翌日が試験である以上、必然的に夜、しかもそう遅くない時間に帰宅せねばならない。

特に初日である今日は、午前で終わる試験日と違って昼からの授業もあった。帰ってすぐ佐藤家に集合するとしても、大した時間は取れない。女性陣は、一旦帰ってからの身支度に時間がかかるので尚更である。

それでも、時間的に半端になるため夕飯は佐藤家で作ろう、という話が加わると、俄然このイベントは楽しげなものになってきた。

佐藤家は家族が一緒に住んでいない、佐藤啓作の一人暮らしなので（これについては不愉快な事情があるらしく、彼は話したがらない）、昼勤のハウスキーパーが帰れば、家には彼らだけとなる。試験勉強という甚だしくつまらない目的こそあれ、彼らはこのイベントを、ほとんどミニキャンプのように捉えたのだった。

中でも特に、吉田は張り切っていた。

きっかけは、

「ウチの厨房広いからさ、食材とかそこにある分使ってくれていいよ」

という佐藤の発言である。

吉田は佐藤家に行ったことは一度もなかったが、かなりの豪邸であることは本人とその友人たちから冗談交じりに聞いていた。

「俺も普段は適当に作ってるから、手の込んだのでなけりゃ手伝ってもいいし――」

「あ、あの、どれくらいの大きさなんですか？」

台所でなく『厨房』という言葉を使った彼に、料理好きの少女は勢い込んで訊いていた。

「へ？　あ、ええと」

「オーブンとかフライヤーはどんな？　グリラーとかグリドルもありますか？　もしかして、もう電磁調理器も？」

そうして佐藤も知らないようなことを延々問い質した彼女は、勉強と料理、どっちが目的なのか分からないような気負いと言葉で、勉強会の炊事を請け負った。

「任せてください、腕によりをかけて作りますから！」

ちなみにその隣では緒方が、

「なによ、その目は。女だからゴハン作れって、そんなの男女差別よ！」

「なんにも言ってないし思ってもないって！」

などと、劣等感から来る被害妄想を田中にぶつけていた。

そんなこんなで、悠二とシャナは今、佐藤家に向かって大通りを歩いていた。

勉強会のため再び集まる彼らは、当然私服である。

悠二は例によって、柄物のTシャツに洗いざらしのジーンズ、という芸のない格好である。

自分とシャナの教科書やノートを入れたバッグを手に提げていた。

シャナの方は、腰を絞ったブカブカのローブTシャツ。もちろん千草のコーディネートである。手には、これまた千草が『皆のおやつに』と持たせたケーキの箱を抱えていた。

その二人は、大通りの歩道ではなく、車道のど真ん中を歩いている。

彼らだけではない。市街地側の大通りは今、やたらと広い歩行者天国となっていた。御崎大橋の手前から全壊した御崎市駅までの間に交通規制が布かれ、車の出入りが禁じられていたのである。

歩く二人を含めて、大通り全体に雑踏が溢れているという、まず普段では絶対に見ることのできない光景が、視界いっぱいに広がっていた。

ところどころにシートをかぶせられているのは、事件の混乱の中、衝突事故を起こした自動車である。回収のためのレッカーを待っている間に大通りが歩行者天国化したため、とりあえず放置されていた。

これら壊れたウインカーの破片等も侘しい、駅前の陰気な復旧工事の一部とも見える物体の周りには、対照的に明るく賑やかな喧騒が広がっている。

道路沿いの店、あるいは地理的に全く関係のない店までもが出張でテーブルや椅子を並べてオープンカフェを開き、道行く客を呼び込んでいた。なぜかしんみりと弁当をつつく青年二人、物珍しそうにはしゃいでパフェを頬張る少女のグループ、日傘の下でのんびりコーヒーを啜る老人など、種々雑多な人々が座っている。

店々の隙間は、地面にシートを広げたアクセサリショップやストリートミュージシャンらが当然のような顔で占め、未だに街の住民へのインタビューを迫るレポーターやカメラスタッフなどとともに、声と音で、騒がしく人ごみを飾っていた。

（覚えてないとはいえ、あれだけの破壊があった後なのに）

起きた事件と今の状況は、たしかに不運で不便には違いない。が、それでも、生きている以上は目の前の現実に対処するしかない。不運と不便を利用できるなら、当然する。それももちろん、できるだけ。

（すごいんだな、人間って）

そんな、非日常の災厄の跡にも営々と日常を築いている人間たちの姿を見て、悠二はなんだか心強くなった。

その中に混じるトーチたち、、（悠二はトーチをあくまで人してと扱う）、自分が恐れる非日常の象徴だった人間の残り滓たちも、世界の歪みを修正する『調律』が行われて以降は、めっきり数が減った。

調律というものの具体的な原理や構造は理解できないが、感覚的にはなんとなく分かった。調律師・カムシンの『存在の歪みを均して、これからあるだろう欠落も整理した』という言葉を、その字義通りに感じる。

シャナと出会った日、絶望とともに燃え落ちた日常が、見た目の破壊とは裏腹に蘇りつつある、世界の生命力が目の前に溢れている、そう思えた。

しかし反面、その異変、これだけの破壊が僅か一晩で振り撒かれた、〝紅世の王〟との戦い、フレイムヘイズたちの力への脅威も感じる。

(あれだけの戦いで死人が出なかったってのは、幸運というよりも奇跡だな)

そのような奇跡が得られたのは、カムシンが別れる際、指摘したように、たまたまだった。襲撃の首謀者たる〝紅世の王〟の目的が自在式の構築にあり、人を喰うことは二の次だったから……理由はそれだけに過ぎない。

実際、最初に御崎市を襲った〝王〟のように、企図する目的に喰うことが含まれていれば、それこそ百、千、下手をすると万単位で人死には出るのである。他でもない悠二自身、そして隣を歩くシャナが偽装している平井ゆかりも、その犠牲者だった。

(もっと、うまくやれたんだろうか?)

今も大通りの先、御崎市駅では、ショベルカーやクレーン車が何台も瓦礫を取り除く作業を行っているのが見えた。クラスの噂話では、昨日の雨が止んでから、昼夜休みなしで動いているという。素人目にも、復旧は当分先であると分った。

また、御崎市駅は数個の路線を連絡するターミナル駅でもあったので、その寸断による沿線住民への影響は計り知れなかった。市は緊急措置として、前後の駅をバスの臨時運行で繋いでいるらしいが、もちろんその程度で処理しきれるほど利用者は少なくない。御崎高校でも、電車通学していた生徒が幾人か、本来はご禁制のはずの自転車通学を黙認されたりしていた。

　これが、これだけのものが、歯車一つ狂っただけの結果。

「……封絶が張れなかった、ただそれだけなんだよな」

「?」

　シャナが、首を僅かに傾げた。もうそれで通じる、という無意識の行為である。

　その近さに気付かないまま、悠二も答える。

「いつもシャナたちが封絶を使ってるところを見てたけど、こんなに重要なものだなんて思わなかった、って話。一度使えないだけで、こんなに酷いことになるなんてね」

　シャナは少しの間、自分たちの戦いの結果たる光景に目線を遊ばせ……そして、さり気なく重要な話を切り出す。

「やってみる?」

「えっ?」

「自在法『封絶』と、修復の練習」

　悠二は驚きと期待と不安を、声に混ぜた。

「僕が、自在法を? "ミステス"でも、そういうことが……?」

　即答が返ってきた。

「できる。〝ミステス〟は、その蔵した宝具の種類によって様々な特性を持つ。中には、〝紅世の王〟並みの戦闘力を持った奴だっていた」

「へえ……戦ったことがあるの？」

「うん」

シャナは頷きつつ、自分に大太刀『贄殿遮那』を託して散った隻眼鬼面の鎧武者の威容と、その戦いにおける死線の上を渡る感触を思い浮かべる。

「死にかけた。剣の腕だけなら、あれ以上の使い手には会ったことがない」

その率直な感想に、〝ミステス〟の持つ可能性に、悠二は感嘆する。

「そんなに……でも、僕にそういう適性はあるのかな」

「一度は〝存在の力〟を制御できたんだし、〝千変〟の腕の不快感もなくせたんでしょ？　下地はもう、十分できてると思う」

悠二は以前、一つの戦いで、〝ミステス〟たる自身の存在を、危うく分解されかけたことがあった。身の内にある宝具『零時迷子』を、強大なる〝紅世の王〟、〝千変〟シュドナイに奪われかけたのである。彼の腕を体の中に突き通され、今まさに分解、消滅しそうになった、
そのとき、
蔵した宝具を守る『戒禁』という自在法が、シュドナイの腕を折った。

いつ、誰が、どうやって、なんのために施したのか……全て不明な力だったが、ともかくも

悠二は、そのおかげで消滅せずにすんだ。

しかし代わりに、というべきか、彼はその体の内にシュドナイの折れた腕を、そのままに残していた。どことも知れない体内にもう一本の腕を感じる、という猛烈な悪寒を抑え込むために、彼は相当な苦労と鍛錬を強いられた。

それが、三日前の戦いの最中に突然、解消された。、、、、、とある事情で激怒した際、その怒りを現すために〝存在の力〟の在り様に触れ、繰り方を感得し、結果その腕と一つに繋がったのである。以降、彼はシュドナイの腕の存在を感じていなかった。

「まあ、たしかに〝存在の力〟の流れを感じるだけだったときとか、自分で下手にいじってたときよりは、なんとかなると思うけど……」

「やっぱり、不安？」

少年の頼りない顔を、シャナは僅かに身を屈めて覗き込む。長く艶やかな黒髪が、肩からさらりと零れた。

その姿への自然な感嘆として、悠二は微笑みを浮かべ、答える。

「そりゃあ、ね。いくら『零時迷子』で回復するっていっても、たった一人分の〝存在の力〟だし。フレイムヘイズや〝徒〟と比べたら、微々たるもんだろ？」

「えっ……気付いて、ないの？」

「なにが？」

「……アラストール」

　シャナは悠二の問いには答えず、なぜか胸元のペンダント〝コキュートス〟に尋ねた。

「告げるのは、、、、、、、、、もう少し様子を見てからだ。習得の方は構うまい。自在法構築の練度を上げてゆけば、あらゆる事象の制御・察知に役立つだろう」

　少女と契約する〝紅世〟の魔神も、悠二には分からない前置きをしてから許可した。

「告げるって、なんのこと？」

　怪訝な顔をする悠二に、シャナは首を振って答える。

「まだ言えない。今のところ、悪い兆候は見えないから安心していい」

「……その答えで不安にならない奴はいないと思う」

「うるさいうるさいうるさい。大丈夫、そのときは私がなんとかする。とにかく、アラストールの許可も出たから――」

　言いかけたシャナは、急に悠二を見た。目をパチクリとさせ、

（なんだ）

　と密かに思った。

「なに？」

「なんでもない。今夜から封絶の鍛錬、始めるわよ」

「ま、シャナが言うなら、大丈夫かな」

信頼からそう答える悠二に、シャナは言う。

「悠二」

「なに？」

心持ち下から窺うように悠二をじっと見つめ、もう一度、

「悠二」

確かめるように。

「なに？」

返事を受けてもシャナは答えず、歩きながら見上げる。そしてまた、

「悠二」

「……なに？」

悠二は、もしかして自分の顔に何か付いているのかと思い、頬を触った。

その様子を、シャナはくすりと笑った。

「馬鹿」

「え、だからなにがさ？」

悠二は訳が分からない。

ただ、そのシャナの笑顔に釣られて、自然と笑い返していた。

（なんだ）

とシャナは思う。

(こういう話なら、ちゃんと普通に、悠二と口をきけるんだ)

新しい方法を編み出したのか、見落としていたものの再発見か。

(悠二と話してさえいれば、こうして、嬉しい)

少女は自分の胸を締めていたなにかが融け落ちてゆくのを感じていた。

(悠二が一緒にいてくれさえすれば、恐くない)

と、
その鼻に、一つの匂いが引っかかった。瞬間的にその根源を感知する。

「……メロンパンが動いてる」

「はあ?」

面食らう悠二をおいて、シャナは小走りに雑踏を抜け、一つのバンの前で止まった。

車体後部を改造した、移動メロンパン屋だった。

「一つ頂戴」

頬を興奮で上気させる少女に、店員が大声で返す。

「はーい、メロンパン一つ!」

悠二は呆れた声で言う。

「母さんがケーキを持たせてくれてるのに。夕飯だってあるんだぞ?」

「それも後でちゃんと食べる」

「ああ、そう」

答えた悠二も、ふと気付いた。ここ数日の、なんとなく互いの間に漂っていた重い雰囲気がいつの間にか、何を謀ったわけでもない流れの内に融けていることを。

シャナはその嬉しさを隠して、パンを受け取る背中越しに言う。

「とにかく、今夜から封絶の前段階、〝存在の力〟を繰るための鍛錬を始めるわよ」

「はいはい。夜までテスト勉強して、その後は屋根の上で特訓か。今日から三日はハードスケジュールだな――、っふふ」

苦笑に似た吐息を、悠二は漏らした。

シャナは紙袋に入った焼きたてほやほやのメロンパンを、さっそくカリカリ、次にモフモフ頬張っている。蕩けるような笑顔とともに、また歩き始めた。

「んむ、なに?」

「いや、なんだかおかしいなって」

悠二も歩を並べる。その露骨なメロンパンの効果である笑顔に、今度は露骨に苦笑した。

「〝存在の力〟を繰るとか封絶とか、人の常識からかけ離れてて、すごく恐いことと――」

ふと傍らの交差点から、脇に目を流す。

通行止めと書いてあるのだろう看板の背中と、差し渡されたデンジャーストライプの阻止棒の向こうに、大通りの代替道路となっている狭い旧道の大渋滞が見えた。警察官が鳴らす笛の音が、自動車の騒音に混じり、響いている。

人には分からない場所での行為、その結果を受け取る人々の様子だった。

「――テスト勉強みたいな、ごく普通の生活のことを一緒に並べてるのが、なんだかおかしくてさ」

元・普通の人間だった悠二の感慨は、総身を一個のフレイムヘイズとして鍛え上げられたシャナには分からない。

彼女なりの理屈として、悠二に答える。メロンパンを頬張りながら。

「はむ――ん、この街で仮にでも暮らす以上は、その偽装した身分を演じておくべき――ほむ――ん、宿泊施設への潜伏も、住居を定めない徘徊も、実際にそこの住人に紛れて暮らすことで得られる情報の総量には及ばない。んむ」

(やっぱり、シャナは実務の都合からものを考えるんだな)

悠二はその謹直さをおかしく思い、そして、ふと気が付いた。

シャナとの二度目の出会い。そうそう人には関わりたがらないはずの彼女が、あっさりと自分の隣の席に現れたときのことを。

「そうか……ここに来る前にも、今の『平井さん』みたいなことをしてきたんだ」

今さらのように、彼女がフレイムヘイズとしての流浪を経てきたことを思う。世慣れていないことから『真っ白』だと、勝手に思っていた彼女にも、いろんな過去があることを。

そのシャナが、軽く頷く。

「一箇所に隠れてなにか企んでるタイプの〝徒〟がいた場合はね」

一旦声を切ってまたメロンパンを頰張り……そして、悠二にだから、と続ける。

「――んむ――でも、ここほどたくさんの人と話をしたことはなかった。滞在期間も、今までは〝徒〟を見つけて討滅するまでだったから、長くて三日くらい。暮らす、って言葉を使えるのは、本当はここだけかも」

「……」

シャナは、悠二がなにか訊いたような気がして、その顔を見上げた。

「え?」

「いや――あ、ここだよ」

悠二は誤魔化して、旧市街地に抜ける脇道を指し示した。

シャナも深く追及はせず、並んで進む。

さっきまでの喧騒や混沌が、嘘のように消え失せる、閑静な雰囲気の辻を歩くこと数分、なんとなく落ちていた沈黙を、悠二が破った。さっき、言いかけた質問で。

「今、楽しい?」

シャナは、その質問に、疑問で返す。

「……そうかな」

「楽しそうな顔、してるよ」

悠二は、少女の声に表情に、揺れるものを捉えて、言った。

シャナは少し考えてから、感じてから、答える。

「……そうかも」

もう、メロンパンはなくなっていた。


夏の高い日が暮れる前に、七人は佐藤家に集まった。

女性陣はシャナ含め、妙に張り切ったおめかしをして現れ、逆に代わり映えのしない格好の男性陣（学校から佐藤家に直行している田中などは、学生服のままである）を驚かせた。

吉田は無地のブラウスとフレアスカート、緒方は大きなセーラーシャツに短めのパンツルックで、両者とも控えめながら化粧にも気合が入っていた。

「……なにしに来たか、分かってるよね？」

池が、一番言う必要のない相手だと思っていた吉田にそう言ったのは、おめかしが理由ではない。彼女がその両手に、一杯に膨れたスーパーのビニール袋を提げていたからだった。

「ご、ごめんなさい、でも、途中のスーパーが丁度、安売りだったから……」

その割にバッグは手持ちではなく、真夏の背負い式であるあたり、いかにも嘘の下手な吉田である。見破られたのを察した吉田は、田中に案内されて早々に厨房へと消えてしまった。

帰ってきた田中の伝えるところによると、彼女は佐藤家の広いそこを見るや、

「わあ、すごいバーナー、オーブンも大きいし。さすがにフライヤーはないですね。でもグリラーはちゃんとあるし、シンクもたくさん――」

などと、田中には半分も分からない言葉で大はしゃぎしたという。

「夕飯は私一人で作りますから、皆さんは構わず勉強しててください」

との伝言もあった。

その張り切りようを邪魔するのもどうか、と思われた一同は、素直にその厚意に甘えることにした。彼女なら別に切羽詰まって勉強しなくても、という信用もある。

佐藤が用意した勉強会の場所は、佐藤家における五つ目の応接間だった。

木目のフローリングに薄いマットの敷かれた、広く明るい部屋である。四隅に置かれた観葉樹もやたらと背丈があり、高い天井に向かう柱のようだった。その中央に、輪切りにした大木の分厚い甲板に硝子板を載せた大卓と、床に座るためのクッションが一組、置かれている。

いやらしくなるだけである余計な装飾のない、しかし一目で高いことが分かる、そんな部屋だった。

「やっぱ、ある所にはあるもんだなあ」

何度か訪れている悠二による改めての感嘆に、この家唯一の住人である佐藤は、

「ああ、好きに飲んでくれていいよ」

とピントのずれた返事をした。

彼の言っているのは、大卓の上に置かれた給茶器のことである。当然のように冷水式で、ご丁寧にアイスボックスまで置いてあった。

「晩飯は自分たちで作るって言ったら、こんなの用意してってさ。なんだっけ、お釈迦様とか、そんな種類の麦茶が入ってるんだとさ」

ちなみに麦茶ではなく、お釈迦様でもない。鉄観音茶である。

「じゃあ、さっそく始めようか。これだけの環境だ、はかどらないと嘘だぞ」

メガネマン・池の鶴の一声で勉強会は始まった。

大卓は歪んだ円形なので、誰がどこと決めるでもなく、皆適当にクッションを置いて座る。

悠二の隣にはシャナが、田中の隣には緒方が、それぞれ当然のように座った。緒方の魂胆としては、目的の半分以上はこの時点で達せられたわけで、あとはついでに勉強して、試験の成績が上がれば言うことはない。

「んじゃあ、いっちょ頑張っちゃおうかなー、へへ」

隣に向かって笑いかける。

「そ、そうか」

田中は今さら意識しているらしく、硬くなっていた。

彼は佐藤とともに、強く憧れる女性・マージョリーについていくという遠大な（というより無謀な）計画を立てていたが、三日前の事件における佐藤自身の実体験によって、腕っぷしの方面で彼女の役に立つことが不可能、以上に危険であることが判明した。元から分かりきっていたともいうが、とにかく体験して、思い知った。

そうして二人は改めて、自分たちの何を鍛えるか、頭を捻ることとなった。

事件の前、池に遠回しに相談して、『頭を使うしかないのでは』という当たり前の回答を貰ってはいたが、具体的になにをすれば良いのかは、見当もつかなかった。

理想としては他でもない、あの人外の戦場でフレイムヘイズたちにヒントを与えた坂井悠二のように、役に立つ作戦を立てることなのだろうが、これればかりは特訓でどうにかなるようなものでもなさそうだった。せめてその域に近付こうと思い、考え付いた対策は、日課とした乱読に、謎解きやパズルなどの占める割合を増やす、という遊び程度のものである。

他にやれることといえば、勉強くらいしかない。

その意味で田中は、今回の勉強会をいい機会と捉え、緒方にある程度の感謝もしていた。隣に座ったりするくらいならお安いご用である。多少硬くなるのは仕方ないが。

そんな、まだ相手からの好意に慣れない少年は、

（まあ、告白されたからって、いきなりどうこう進むってもんでもないだろ）

と、酷い割り切りをしてから、メガネマン先生に、

「まず、テストに出るトコの答え、教えてくれよ」

と顰蹙ものの質問をした。


勉強会は、意外なほど順調に進んだ。

池速人という、ものを教える達人がいたからである。

彼は根本的に『他人に合わせる』人間で、それゆえに自他の諍いを収めたり、逆に盛り上げたりすることが上手かった。つまりこれは、相手がなにを思っているかを正確に察知する『思い遣り』を持った人間、ということである。

例えば佐藤が、

「ここのlearningってどこにかかってるんだか分からーん」

と言ったら、池はまず、佐藤から二、三、話を聞き、『彼がどういう形でものを理解をしているか』を見抜くのである。それが判明すれば、逆に『どうすれば正確に理解できるのか』も自然と見えてくる。

「これは最初のA little learningまで一つの名詞扱いで、主語になるんだ」

さらに彼は、その見えたものを的確に表現し、相手に伝達することにも長けていた。

「そうだな、真ん中のisで区切ったら、もう簡単だろ?」

「ははあ、なーるほど」

一方、

「なあ、なんでchildが主語なのにfatherが次にあるんだ?」

と意味不明な質問をする田中の意図を理解せず、

「文章がそうなってる。普通の構文どおり読めばいい」

と自らが看破した正解を——つまり『本来踏むべき論理的な手順』を示し、

「……じゃあ、最後のmanってなんなんだ?」

「その前のof theからかかってる」

「だーかーら! なんでそーなってんのかって」

「なんでって、さっき言ったとおり」

示した正当な理屈で相手が理解できないと『なぜ理解できないのかが理解できない』といった風情でキョトンとするシャナとは、まさに正反対の有能さだった。

「はは、頭がいいだけだと教師にはなれないのかな」

悠二が意地悪く笑い、

「うるさいうるさいうるさい、だからやりかたは知らないって言った!」

シャナが赤くなって怒鳴り、

「まあまあ、正解をハッキリ教えてくれる人がいるってのは、教える側としてもありがたいよ」

池が抜かりなくなだめ、

「それより池〜、結局ここはどうなってるのか教えてくれ〜」

田中が頭を抱えて泣きつき、

「私はさっきの説明で分かったけど。ちゃんと聞いてないからじゃないの？」

緒方が一緒にいることを楽しみ、

「おーおー、なんだかリードしてますな」

佐藤がひやかしている内に、

「夕ご飯、できましたよー」

吉田が夕飯をカートに乗せて持ってきた。

快哉は全員で一つ、形こそ違え一斉に上がった。

大卓の上には、おかずばかり数品、大皿小皿に盛られ並べられていた。

「吉田さん、これサイコー。坂井はいつもこんなの食ってんのか、くそー、羨ましい」

田中が肉とピーマンの炒め物を頬張ったまま、行儀悪く言った。

吉田は照れ笑いを浮かべつつ、最後になる自分のお椀に味噌汁を注ぐ。

「煮物とか、時間のかかる物は作れなかったんですけど」

「いや、これだけ豪華なのに文句言ったら罰が当たるよ」

池も同じ炒め物に舌鼓を打つ。隠し味になにか入れているらしく、ぴりりと辛い。

「このオムレツ、いろいろ入ってるけど、何か特別な料理？」

緒方が、田中に料理云々、自分で言ったことをそれなりに意識して訊く。

「ううん、ご飯がなかったから、ピラフに入れる予定だった具を入れて焼いてみたの」

苦笑する吉田に、佐藤がしまったという風に言う。

「あっ、晩飯要らないって言っちまったからだ。そこまでは気が付かなかった、ゴメン」

「いえ、出来合い料理も楽しいです」

言ってから、悠二の方に向き直る。

一番、心尽くしを届けたかった少年は、オムレツを美味しそうに食べていた。

それだけで、吉田の胸は安堵と温かさで満ちる。いろんな心配や不安、あるいは絶望さえも、目の前の姿があれば大丈夫だと思えた。ごく自然に語りかける。

「苦手なものとか、なかったですか？」

「全然。すごく美味しいよ。やっぱり吉田さんは料理が上手いね。卵の味が違うだけで、オムレツが別の料理みたいだ」

「坂井君の家は違うんですか？」

「そうだね。どう言えばいいのかは、よく分からないけど」

　はは、と悠二は頼りなく笑う。

　その隣で味噌汁をすすっているシャナにも、吉田は衒いなく訊く。

「どうかな、シャナちゃん」

「うん、美味しい」

　シャナは短く答えて、またお椀に口をつける。言葉こそ素っ気ないが、別に表情は硬くも剣呑でもない。

「よかった」

　返事と表情、両方への答えを返して、吉田はようやく自分の箸を取る。

　その姿には、以前のようなか細さが見えなかった。押しが強くなった、目に見える仕草に変化があった、というわけではない。ただ彼女は、悠二とシャナに対して、しっかりと確信のようなものを持って向き合っていた。二人の微妙な繋がりを見て不安になることはない。自分が持っている気持ちが揺らぐこともない。

　今ある自分の気持ちを、できる形でごく普通に示していた。

　シャナも、そんな吉田の姿ともう一つのこと、、、、、、、、両方への羨望を持って、ポツリと呟く。

「いいな……私も、これくらい……」

「え？」

なにを言ったか、吉田が訊こうとしたとき、池が声をかけた。

「吉田さんは勉強、どうするの？」

「あ、池君に教えてほしいところはノートにまとめてあるから、片付けの後に見てもらおうと思ってるんだけど、いいかな？」

「オーケー、任せてよ」

池は軽く、しかし内心は大きな喜びとともに、気になる少女からの頼みを請け負った。そうでなくても、自分でなければならないことで頼られるのは素直に嬉しい。馬鹿馬鹿しいと思いつつも、悠二への優越感を抱いてしまう彼だった。

その悠二が、田中と言う。

「それより、後片付けくらいなら僕たちがやるよ」

「んむ、そだな、ご馳走のお返しくらいはしないと」

「あんたたちは時間を惜しんで勉強しないとダメなんじゃない？」

笑って言う緒方には佐藤が、

「そっちだって人のこと言えないだろ」

と突っ込んだ。

「なによー、それならそっちは言えるっての？」

わーわー言い合う彼女らに、なぜか味噌汁のお椀をじっと見つめるシャナが、さっきの吉田への呟きとは違う、小さくてもはっきりと通る声で言う。

「池速人と吉田一美を除いたメンバーから選抜すればいい」

結果、残る五人でのジャンケンが採用された。


「んにゅ……」

佐藤家の室内バーに据えられたソファで、マージョリーは目を覚ました。

見るでもなく見た窓の色は黒。もう夜になっているらしかった。バーカウンター内の照明だけが、薄く寂しく部屋を照らしている。

それなりの時間寝たはずだが、酔いはイマイチ覚めていなかった。倦怠感と嫌悪感で練り固められたような体を、ゆっくりと起こす。

「水……」

髪留めを外したため散々に寝乱れた栗色の髪をかき上げながら、ソファ前のテーブルに目をやる。

水差しはあったが、空だった。

（あー、全部水割りにして……空になったから寝たんだっけか）

ご丁寧にもその隣、アイスペールの氷までなくなっている。そういえば、グラスに残った氷

を噛み砕いた記憶もある。なんでそんなことを、と馬鹿な酔っ払いを一秒だけ心中で罵ると、
辛うじて残っていたビーフジャーキーに手を伸ばす。

(……アホらし)

余計にノド渇くじゃないの、と思い直す。そして、思い直したのになぜか、パクリとジャーキーを咥えた。

「……ペッ」

もちろん不味かったので、すぐに吐き出す。その手を死体のように力なく下ろして、床に打っちゃっていた〝グリモア〟の掛け紐を取った。

「水、水、と」

そのドでかい本を右脇に挟むと同時に立ち、足を引き摺って出口に向かう。

「よお、我が低調なる眠り姫、マージョリー・ドー――」

「ちょっと、黙ってて……頭痛い」

酔いに澱んだ言葉で相棒の言葉を封じる。なにか忘れているような気もした。

(ああ、眼鏡……だっけ？　まあ、いいや)

たしかに伊達眼鏡もなく、髪も下ろしたままでバサバサに広がっている……が、特に重要でもない。とにかく、今は頭が働かないので、とりあえずは水を飲もうと思った。

その脇で、マルコシアスが群青の火を溜息としてボンと噴いた。

どうせ行くのは勉強と関係のない場所である。

（ま、いーか）

緒方は、銀色のシンクが並び、タイル敷きの床には排水溝もある、佐藤家の広い厨房で、ぶつぶつ言いながら食器を洗っていた。

「ジャンケンはいいけど、なんで一人なのよ」

ふと、既視感が過ぎる。中学のとき、田中と一緒に出入りしていた頃を思い出した。これを捻らねば全体に水の出ない、やたら固い水道の元栓。つまみとして太いサラミを切っていたとき、包丁を落として欠けたタイル。佐藤が滑って転んで頭をぶつけた頑丈なオーブン。なにもかもが、全く変わっていなかった。

「――はあ」

作業の中で思い出して、溜息を吐く。ああいう、お互いの距離を簡単に近くできた頃のような無邪気さが、今の自分にも欲しかった。高そうな皿にスポンジをするりと流しつつ一人、声に出して慨嘆する。

「一美はいいなあ……料理、ちょっとやってみようかなあ」

と突然、厨房の大きな引き戸が開いて、

「ばーさん、いるの？　お水ちょーだい」

二人は出くわした。

「……あれ？」

「!?」

マージョリーを見た緒方は、真っ赤になって口をパクパクさせた。

（あーあ）

マルコシアスは手があれば額に当てたい気分になった。彼がさっき注意しようとしたのは、行為それ自体もだが、なによりマージョリーの身形に問題があったからだった。

彼女は、下着の他にはブカブカのYシャツを羽織っただけという、見ようによっては非常な誤解を招く格好をしていたのである。こんな姿の美女が、下ろした髪を乱して、伊達眼鏡も忘れた目を据わらせている。

いろんな意味で、危険な眺めだった。

緒方は当然のようにその姿を誤解して、皿を手から取り落とす。幸い、洗い桶の上だったので、皿は割れず水の中に落ちただけで済んだ。

「あ、え、佐藤の……？　でも、今はいない、ようなこと」

動揺して、なにを言っているのか自分にも分からない。

「んー？　誰、アンタ」

マージョリーは訝しげに見慣れぬ少女を眺めていたが、すぐ詮索には飽きて、のそのそと彼女に近付いてゆく。

「……あ」

緒方は、その近付いてくる妖艶な美貌（と彼女には見えた）を、彼女と田中栄太の光景を、ようやく思い出した。動揺しつつも確信する。

（ま、間違いない）

ミサゴ祭りの露店街で、田中栄太とイチャついていた（と彼女には見えた）美女だった。

その嫌な嫌な光景が思い出される。

（な、なんでその人がこんな所に）

緒方真竹による田中栄太への告白の、マージョリー・ドーは原因だった。

（も、もしかして佐藤の、でもあの時は田中と一緒だったし）

元々緒方は、そのミサゴ祭りの日、田中に告白しよう、などと心に決めていたわけではなかった。実際、彼をお祭りに誘うことすらできず、心底に鬱々としたものを隠して、他の友人たちと遊んでいた。

そんな中、この欧州系らしい美女と田中がイチャついている（と、彼女には、断じて、そう見えたのである）光景に、悔しさと怒りが込み上げ、そのあと偶然行き逢った彼に詰め寄り、我慢できずに大泣きし、そして最後に、それら感情の高まりによって告白することができたのである。

以上のような経緯から冷静に考えると、実は彼女こそが、想いに踏ん切りをつけるきっかけとなってくれた恩人と言うことさえできるのだが、もちろん感謝する気にはなれない。

（い、一体どういう、関係？　まさか二人とも？）

近付いてくる、その対決すべき相手は、鼻筋の通った華麗な美貌、すらりとした足の目立つ長身、栗色の艶やかな髪、大きな胸が特に目立つ抜群のスタイルを誇っている。

（こ、こんな女に、田中が誑か、されて……）

その圧倒的な威容と物量で、緒方は思わず納得させられてしまいそうになる。

ともかく、顔は寝起きで薄ぼんやりし、背筋も猫背で、髪は寝乱れらしきものでグシャグシャ、体中に気力の欠片も感じられない、今の美女の状態を見て、なんとか心を支える。

一方、マージョリーはと言えば、

（水、水……）

程度しか頭が回っていなかった。緒方に歩み寄っているのは、単に彼女の背後にあるシンクで水を飲もう、と思っているだけのことである。ところが、その少女がまん前に立って、退いてくれない。

数秒、僅かな間を置いた、微妙に間抜けな対峙があった。

その静寂を、緒方の緊張した声が破る。

「あの、あなた、田中、その」

「……？」

マージョリーは訝しげに、自分の前で唇も硬く話す少女を見る。見覚えはない。たしかに初対面のはずだった。

緒方は突然叫んだ。

「私、緒方真竹って言います！」

「はあ」

少女の素性やここにいる事情にまで、水を求める酔っ払いの美女は頭が回らない。

ポカンとする相棒に、マルコシアスが二人の間だけで通じる声を飛ばす。

（仲間集めてベンキョーする、って御両人が言ってただろが）

しかし、彼女としてはまともに返事を返すよりも、

（あー、まあ、とりあえずは）

「水……」

「わひゃああ!?」

酒臭い吐息とともに美女にしなだれかかってこられて、緒方は別の叫びを上げた。

マージョリーは下敷きにした少女を無視して、その頭越しに背後の食器置き場からグラスを取る。少女を自分の支えにしながら、水を飲んで、おかわりして、また飲む。そうしてようや

く、一息ついた。僅かに、ものを考える余裕ができる。

「っあー、生き返った――」

「どいて～ください～」

マージョリーは、ああ、と自分の胸で溺れる少女の存在に気付き、半歩ヨロリと下がる。

「で、オメガさんが……なに？」

自分の顔と手に残る豊かな感触を羨みつつ、緒方はきつく訂正する。

「オガタです！　緒方、真竹！」

「あーそ。日本人の名前って……覚えにくいのよねー」

答えつつ、マージョリーはさらに下がる。実は足が止まらない。後ろに、丁度いい高さのダンボールの箱があるのを感知して、なんとかそこに腰を、ストンと落とした。

「う、わっ!?」

途端、空箱の中に尻から落っこちた。その勢いで、箱の後ろにあった金属棚にも頭をぶつける。棚に載った鍋や釜がその衝撃で跳ね、厨房にものすごい騒音を響かせた。

「んぎ～」

「だ、大丈夫ですか!?」

尻から段ボール箱に突っ込んだフレイムヘイズ屈指の殺し屋は、酒で濁った頭に一撃されて半失神状態になった。

（──ったく、しまんねえ！）

余りに間抜けな相棒の姿に、マルコシアスは一瞬一撃、自在法を使った。

〝グリモア〟から一瞬だけの閃光が迸り、緒方が思わず目を瞑る。その間に、

ボン、

と彼女の全身が群青色の薄い炎で覆われ、消えた。

これは、フレイムヘイズの体を浄化したり、体調等をある程度回復させる基礎的な自在法、『清めの炎』である。マージョリーは主にこれを二日酔い対策に使っている（飲み過ぎを相棒に咎められて、その罰としてやってもらえないことも多々あるが）。

「……」

そうして、一気に酔いを覚まされたマージョリーは、まず目の前、なにが起こったのか理解できず呆然としている緒方を見、

「……──」

そして、髪もボサボサ、眼鏡もかけず、着ている物も下着とYシャツだけという自分が、段ボール箱に尻を突っ込んで倒れていることを、自覚する。

「──つぎゃあっ!?　な、なんなのよこのカッコ？」

思わずYシャツの中に身を縮める。

（おめーのコーディネートだろ、なんなら『トーガ』纏ってもいいぜ）

なかなかない無様を晒したことに耳まで真っ赤になって、しかし反論できずに黙るマージョリーは、そんな自分を誤魔化すように、さっきまでの薄ぼんやりとした状況を思い返す。

半ばこっそり目線を上に上げると、緒方は目をしばたたかせて、周りを見ている。閃光をなにかの錯覚と思っているらしい。

（ええと、なんの話だっけ……）

思い出しつつ、ともかくもダンボールから抜け出そうとしたマージョリーは、

「あっ!!」

緒方とは別の叫びを不意に受けて、またダンボールの中に落ちた。

「……」

眉根を寄せて、マージョリーは叫びの上がった方を見る。

「こ、こんばんは」

そのジトッとした視線に射られた先で、吉田一美がぺこりとお辞儀をした。

「……今度は吉田さんが戻ってこないな。緒方さんの手伝いでもやってるのかな？」

池が携帯で時間を確認して言った。

吉田が、『食後のデザートに』とシャナ持参のケーキを取りに行ってから、もう十分は経つ。

いくら佐藤家が広いといっても、そんなに時間がかかるわけはなかった。

佐藤は、池が赤線を引いたポイントを睨む傍ら答える。

「んー、廊下は一直線で、迷うわけはないんだけどなあ」

「早くケーキ持ってこないと、シャナさんが爆発するぞ」

「しないわよ」

ムッとなりつつも、シャナは田中の差し出した例題の正誤をチェックしてゆく。

彼女には答案の正解不正解と、田中がどこで論理の展開を誤ったか、それだけしか分からない。彼の間違った理由を考え、解説してやるのは池の役目だった。そのための註を、軽くシャーペンを走らせ、付けてゆく。

その横で、悠二が教科書を置いた。

「僕が見てこようか」

言って、立ち上がろうとする、

「……」

その膝裏を、シャナの手が絶妙のタイミングで払い、尻餅をつかせた。

「あだっ!? な、なにするんだよ、シャナ?」

「私が見てくる。悠二は、ちゃんと言われた範囲、覚えときなさい」

シャナはなんだか偉そうに言って、立ち上がる。

「そんなにがっつかなくてもケーキは逃げ痛っ!?」

悠二の頭を、ポコン、と小さな拳骨が殴りつけた。


佐藤家室内バーのカウンター内に立つ緒方真竹が、グラスと酒瓶を自分の前に置いた。

彼女の正面、カウンター席に座るマージョリーのそれらと、対抗する形である。

「ふうん……ここ、使ったことあるんだ?」

瓶やグラスを探すこともなくテキパキと持ち出す緒方に、マージョリーが頬杖の上から訊いた。彼女は、未成年の飲酒については特段、文句を言う気もないらしい。むしろ相伴の相手、あるいは肴として楽んでいる向きさえあった。

「昔っからずっと、田中君と、ここに出入りしてましたから」

緒方は一部を強調して返答した。もっとも、別の一部、文頭あたりは嘘である。高校になってからは真面目にクラブ活動に勤しむようになり、友達づきあいも女性側に傾いていた。

「もちろん他の場所にも、いーっぱい一緒に行きました」

彼女は、水二杯で酔いを醒ました(と状況から思った)美女に食い下がり……というより、その引き上げるのにくっついて、ここまでやって来たのだった。

「なんかよく分かんないけど、どうせ暇だし、話くらいは聞いたげるわ」

笑って言い、カウンター席に着いたマージョリーだったが、妙なのは、その隣になぜか吉田まで座っている、ということだった。慣れない場所と雰囲気に戸惑い、縮こまっている。

吉田は心配げな顔で、クラスメイトの戦いを危惧する。

「お、緒方さん……」

「大丈夫、私は酒量をちゃんとわきまえてるから」

根本的なところで噛み合わない答えを返しつつ、緒方は皮肉のジャブを一発、マージョリーに繰り出した。

ところがマージョリーは、頬杖をついた余裕の笑みを崩さない。

伊達眼鏡をかけ、軽く髪を梳かし、ワイシャツの肩にカーディガンを載せ、スラックスを穿いた……ただそれだけなのに、もうさっきのみっともない酔っ払いが、貫禄ある美女に変身していた。バーの風景に溶け込み雰囲気の一部となるその姿は、専門誌のグラビアにしても全く違和感がなさそうだった。

これだけはグラビアモデルにはない、やけに凄みのある笑みを浮かべて、美女は言う。

「ふーん、エータと、ねえ……隅に置けないわね、あいつも。これで連れてってくれなんて言うんだから、酷い話」

緒方の軽いジャブに、いきなりマージョリーによる無意識の、しかし必殺のクロスカウンターが二連発で入った。

緒方は思わずよろけ、カウンターテーブルにもたれかかる。

マージョリーは少女の奇妙な反応を見て、またカラカラと笑う。

（ど、どうしよう）

吉田は困っていた。緒方は、この美女の正体や事情をなにも知らない。揉め事だけは回避させようと二人にくっついてきたのだが、早々に危険な話が出てしまった。

（なんとか誤魔化さないと）

マージョリーが果たして、言ったことの本当の意味を素直に解説してくれるものかどうか。という以前に、フレイムヘイズの事情を話すわけにはいかないわけだから……

「さ、さっきのは、そんな意味深な意味じゃなくて」

吉田は焦りに舌をもつれさせながら仲介に入った。

ところが、これが藪蛇のようなもので、緒方はなんだか裏切られたような顔になった。

「一美はこの人と田中の関係、知ってたの？」

「えっ、う、うん」

彼女は答えを持っている、という勘を利かせて、緒方はさらに詰め寄る。

「この人、誰なの？」

「それは、その……」

「田中とどういう関係なの？　それとも佐藤の方？」

「あ、えと」

「なんで我が物顔でここにいるの？」

「う……」

「なんで一美が知っ――」

「はーい、そこまで」

困じ切った吉田を見かねてか、マージョリーようやく助けに入った。

「ここに当人がいるのに、そっちに訊くこたないでしょ」

言われて、緒方もようやく我に返った。自分のせいで友達が半泣きになっていると気が付いて、慌てて頭を下げる。

「ご、ごめん、一美。ちょっと興奮してた」

「……うん、いいよ、気にしてないから」

よしよし、と二人の態度を心中で評価しつつ、マージョリーは口を開く。

「あー、私の名前はマージョリー・ドー。ここにいるのは、仕事のためのねぐらを探してたとき、ケーサクに『家を使ってくれていい』って言われたから。ケーサクとエータには街の案内を頼んだだけ。それが終わった後も追っかけてきてんのは連中の勝手」

立て板に水を流すが如きスムーズな回答だったが、緒方はさらに追及する。

「他人の家に住み込んで、それでどんなお仕事してるっていうんですか」

「それは秘密。お金には困ってないけど、ここは便利で静かだし、なにより酒も飲み放題ってケーサクが言うからね」

　彼女らの後ろに広がる空間、室内バーであるはずの部屋には、どでかいクローゼットが幾つも置かれている。ソファとセットのテーブル上には宅配ピザの食べ掛けや空き瓶、床には脱ぎ捨てたストッキング、クシャクシャの毛布など、ここで寝起きしているらしき生活感のとっちらかりが容易に見て取れた。

（なんなのよ、もう……だいたい、佐藤も佐藤よ、今さら女の人を家に連れ込むなんて……こんな、得体の知れない——）

　しかし緒方には、この貫禄ある美女がたかりの類ではなさそうだということくらいは分かった。大雑把な仕草にもどこか気品があるし、高そうな服を無造作に着こなしている。仕事という言葉にも空々しさはなく、逆に言えない意味、その重みが感じられた。

（実業家、とか、かな……）

　一学生でしかない少女は、僅かに『美人女社長』への劣等感を抱くが、それでも彼女の口ぶりからは納得できない、自分にとって最も重要なことを問い質す。

「じゃあ、なぜ、それだけの田中と、お祭りで、そ、その、デート、なんかしてたんですか？」

「はあ？」

　目を丸くするマージョリーにさらに言葉をぶつける。

「田中とイチャついてたじゃないですか！　二人っきりで！」

「お、緒方さん」

どうなだめようかとオロオロする吉田の横で、マージョリーは首を捻る。

（そりゃあ、たしかにカーニバルで遊びはしたけど、ここまで文句を言われるよーなことしたかしら？　そもそも、さっきからなにが言いた——）

（我が鈍感なる美姫、マージョリー・ドー、まーだ酔ってんのか？）

足元に置かれた〝グリモア〟から、余人には聞こえない声が彼女に届けられた。

（はあ？　どーゆー意味よ）

（い、い、い、見たまんまだ）

もう一度首を捻って、マージョリーは目の前、バーカウンターに両手をついて自分を睨む少女を見つめなおす。その張り詰めた、気迫溢れる表情の隅に覗く、不安な色と熱っぽさ。

急に、そしてようやく、その表情の意味に気付いた。

（ああ、なんだ）

気付いて、つい失笑しそうになる。い、い、い、とある事実から、少女の抱いた危惧を考慮の内から除いていたため、全く気付けなかった。少し注意して見れば、『二人』がつり合っている間柄かどうか、容易に察することができただろうに。

（……とはいえ、それができないものなのよね）

　マージョリーは、少女の見せる必死さを可愛らしく思った。それでも、あくまで表向きは平静に、手をヒラヒラ振って言う。

「安心なさい。エータともケーサクとも、あんたが思ってるような間柄じゃ全然ないから」

　隣にいる吉田が、言われた二人を気の毒に思うほどの、あまりに簡潔で完璧な否定だった。

　緒方もこれには少し鼻白んだが、すぐ勢いを回復して問い直す。

「でも、実際にデート――」

「あれはデートなんてもんじゃないわよ。だいたい、あのときはエータだけじゃなくてケーサクも一緒だったんだし。聞いてない？」

「あ……」

　緒方は、話を根本的に覆す指摘を受けて口ごもった。たしかに田中が言い訳した際、佐藤もあの場にいたと言っていたような……。

「でも、でも、田中の奴、あんなに楽しそうにして――」

「あんた、恋されたことはある？」

「えっ？」

　突然割って入った逆質問に、緒方は困惑した。

「な、なんでそんな……」

　怒ろうとして、そこに回答拒否を許さない強烈な、眼鏡越しの視線を受けた。

考え、思いを巡らして、渋々答える。

「……たぶん、ないと思います」

嘲弄を受けることを覚悟し、カウンターの中で立ち尽くす少女を、しかしマージョリーは頬杖の上から静かに見つめる。その恋のほどがどの程度か、よく見極めてから声をかける。

「じゃあ、分からないわね」

これは嘲りではなく、確認の言葉だった。

「あのね、恋されるってのは、すごくおっかないことなのよ」

恋することだけしか知らない少女たちは、不思議そうな顔をした。

「普通じゃ考えられないような力を捧げられる、真摯の重さ――その力全てを呵責なく使い潰せる、ゾッとするほどの愉悦――温かい安らぎと表裏一体の、張り詰めた綱渡りの緊張――恋と愛ってのは、こういうことを相手に感じさせるものなの」

いつしかマージョリーは、一人ではなく二人に語りかけていた。

少女らは美女の言葉に込められた、過ごした日々と想いの実感に気圧されつつ聞く。

マージョリーは透き通った寂しい笑みを見せた。

「まあ、『女』としては残念で、『私』としては有り難いことだけど」

しかしその笑顔が、

「あの二人に、そういうものを感じさせられたことは、一度もない。二人は、私に恋をしていない。私への愛も持っていない」

今いない二人に下したのは、

「あいつらの目は、無邪気すぎる。恋とも愛とも方角の違う、あれは綺麗な憧れの色。あいつらは、他人に自分の夢を重ねて、その強さを喜ぶ子供なのよ」

酷とさえ言える、厳格な審判だった。

「……」

「……」

これは、少年たちへの同情をこそ感ずべき酷さだった。

また、少年たちへの憐憫をこそ催すべき厳格さだった。

しかし、どういうわけか、
二人の少女は、その女の姿に、強い尊敬の念を抱かされていた。

見事な女は、少女らの前で瓶を傾け、無色透明の酒をグラスに満たす。

そして飲む、その寸前に、グラスを止めて軽口を飛ばす。

「もちろんあいつらの場合、憧れの中には『女に対する男の一番正直なもの』もいっぱい混じってるでしょーけど。あんたには、ちょーっと足りないかな」

吉田のものと見比べて、付け加える。

「エータを墜としたいんなら、せめてアレくらいの大きさにならないとね」

その指摘するところに気付いて、緒方は胸を両手で押さえた。

「お、大きなお世話です！」

真っ赤になって口答えするが、その声には当初のような反発の色はなかった。

「え？　――あっ……」

吉田も僅かに遅れて気付き、ますます縮こまった。

そんな少女らの顔を肴に、マージョリーは酒を呷る。トン、と小気味よい音を立てて空のグラスを置くと、さ、っ、き、と、全、く、同、じ、笑みを見せた。

「でもま、ここには当分いるだろうし、その間くらいは、子供の夢にも付き合ってやるつもりだけど。一度見せた以上は、ある程度の責任を取らないとね」

(ヒーッヒッヒ！　こりゃあたまげた！　我が厚き仁者、マージョブッ!?)

足元の〝グリモア〟を蹴り飛ばすと、もう一度、酒を注ぐ。そのついでとして、カウンター越しに自分を見つめる少女に、顔を向けずに言う。

「私は追いかけるのに楽な夢じゃないから、これからも二人は悩むわ。だからエータだけでもいい、ドンドン仲良くなって支えてあげなさい。私はそういうの、面倒くさいからヤダし」

なにを言われたか理解するまで一秒、緒方はカウンターテーブルに両手をつき、前のめりに断言した。

「はい！　ドンドン仲良くなります！」

クックック、とマージョリーは愉快そうに声を立てて笑った。そうしてグラスを取り、それを目線まで差し上げる。グラスに隣席の、成り行きに安堵した風な少女が縦長に映っていた。

「あんたも、下手な遠慮なんかしてると、意中の人を取られちゃうわよ。こういうのは大抵、先手必勝、手数の多い者が勝つんだからさ」

やはりというか、お見通しらしい。

同意に強く頷く緒方を見つつ、吉田は頰を朱に染めた。

良識からくる躊躇を口にする。

「遠慮、でしょうか……」

自分が見たものを思う。

人の生死と世界の真偽——見ている物事が大きすぎて実感もできない、しかし現に起こっていることへの恐怖だけは染み込んでくる、さらに広く大きな何かを見た驚嘆を抱き、自分がそれを見てしまったことに戸惑う——それらの感情が綯い交ぜになって、焦りや引け目のようなものに変わる。想い過ごす以上の行為が許されるのか、とつい考えてしまう。恋する相手がそちら側の存在であれば、なおさらだった。

そんな心の流れを、素直に口にする。

「でも、知ったのに、そうしても、いいんですか？」

緒方の前であることを考え、できるだけ言葉を削る。

どこかでやった覚えのある作業だった。

マージョリーは深刻な問いに、あまりに軽く答える。

「いいのよ。それで世界が破滅するわけでなし。あんたが好きなんでしょ？」

「……」

三日前、告げられた言葉が脳裏に蘇る。

（――「今、好きかどうか。それだけなのよ。他には本当に、なにもないんだから」――）

吉田は今、その言葉をくれた坂井悠二の母・千草とは正反対な場所に立つ人物から、同じ答えを受け取ったことを知った。

教えを受けて、しかし踏み出すのは自分。

それを思い、頷く。

「そうですね」

傍から見ていた緒方にも分かる、真剣で重そうなこの会話を、不意な声が切った。

「あっ、こんな所にいた」

シャナが、開け放していた戸口から顔を覗かせていた。

「他の連中が気にしてるから、早く部屋に帰った方がいい」

吉田が慌てて立ち上がる。

「ご、ごめんなさい。ちょっと、いろいろあって」

シャナの言った用件にだけではない、大きな後ろめたさを、彼女は持っていた。カムシンといい、千草といい、マージョリーといい、なんだか自分ばかりが助力を受けている……そう考えられたのである。フェアにいきたい、とまで偉そうなことは考えられなかったが、優遇されていることへの居心地の悪さがあった。

緒方も顔を強張らせて笑う。

「あはは、うん、たしかに、いろいろね」

「……」

シャナは険しい視線で、どことなく共犯者っぽい雰囲気を漂わせている三人を順番に見回す。誤魔化すように笑う緒方、済まなそうにしている吉田、そしてそっぽを向いてわざとらしく口笛など吹いているマージョリー。

「なにか変なこと、吹き込まれなかった?」

シャナは、吉田がドキッとするようなことを、その当人に訊いていた。

しかしその目には詰問の色はない。どうやら、マージョリーが〝紅世〟関連の話を緒方にしていないか、という確認であるらしかった。

吉田は、安堵を感じる自分を情けなく思いつつも、律儀に答えた。

「うん、別に、そういうことは……」

その間、シャナはドアの縁からマージョリーを睨んでいる。彼女の態度になにか、きな臭いものを感じたらしい。

しかし、見つめられる側の美女は、知らん振りを決め込んで酒をグラスに注いでいる。ついでにしっしと手を振って、自分の部屋から少女たちを追い出しにかかった。

「はいはい、話は終わったんだし、恐いチビジャリもきたし、ちゃっちゃとお帰りなさい、お嬢さん方」

緒方は、自分が及びもつかない一人の女性に、敬意をもってキビキビとお辞儀する。

「はい、それじゃ失礼します！」

吉田も隣席から立って、深く頭を下げた。

「私も……本当に、ありがとうございました。頑張ってみます」

残る方と出る方を交互、不審げに見るシャナの背中を、

「んじゃ、部屋帰ろう」

緒方が言って押し、バーから出て行く。

吉田も誤魔化すように、シャナに言う。

「私、台所からケーキとジュース持っていくから」

「？　……うん」

そうして扉が閉まると、室内バーには俄な静寂が訪れた。

薄暗い照明の中、マージョリーはカウンターテーブルの上に目線を流す。

酒瓶とグラスが、置き去りにされていた。

強がってそれを並べていた少女の姿が思い出されて、つい笑みが零れる。

その笑みに相棒の、酌み交わす相手が消えた寂しさを感じて、

「ヒヒッ、女の子にゃ素直に助言するじゃやねえか。ご両人が歯嚙みして悔しがるぜ、我が残酷なる師匠、マージョリー・ドー？」

足元の〝グリモア〟からマルコシアスが茶化した。

それを蹴らず爪先で玩び、マージョリーは柔らかく笑う。

「当然でしょ。『女の子』ってのは、砕けば強くなる『男の子』と違って、心も、体も、大切に育てないとすぐ駄目になっちゃうものなんだから」

「ハハア、さーすが、よくご存知だ」

「そ。よーく、ご存知」

言って、マージョリーは〝グリモア〟を蹴った。


勉強会から帰って数時間後、午前零時も近い坂井家。

悠二の部屋から続きの狭いベランダ、その大窓の枠に、悠二とシャナが並んで腰を下ろしていた。

これは彼らが日課にしている、夜の鍛錬である。常は屋根の上に張った封絶の中で行っているが、今日は特別な課題があるため、こんな所に隠れるようにして座っている。

その鍛錬を始めようというとき、悠二が気の抜けた声を漏らした。

「……どうして、なんともなかったんだろう」

「なんの話だ」

シャナの胸元のペンダント〝コキュートス〟から、アラストールが答えた。

悠二は一言で答える。

「今日、一日の話」

意外に長い足を狭いベランダの床に投げ出して、両手を後ろの支えに伸ばす彼は、いつものジャージ姿。

「?」

隣で膝を抱えて座り、首を傾げたシャナは、一旦平井家に帰って着替えてきた、大きめのパジャマ姿。

二人、いつもの格好である。

「本当に聞いてもらいたいのならば、我らにも分かるよう話せ」

アラストールが不分明な回答を叱責した。

悠二は頭を掻いて、自分の気持ちを整理する。

「ごめん。なにから言えばいいのかな……そう、三日前、あの日の屋上で皆と出くわしたとき、僕が、〝ミステス〟だってことを知られて……そのせいで、これからの日々が悪い方に変わってしまうんじゃないか、って思った。恐かった、って言ってもいい。昨日の朝、佐藤や田中、吉田さん――」

悠二はさらりと、その名を出した。抵抗を感じた様子もない。

そのこと、それだけのことに、シャナは胸に鋭い痛みを覚えていた。

(私がここにいるのに)

悠二との全てで、自分の心が揺れる。あの戦いのときのように。恐くて、嫌だった。

「――と会ったときに、そうなるんじゃないか、って不安に思ってた。なのに、皆あまりに普通で、いつもと全然変わらない態度で接してくれた。すごく、嬉しかったけど……どこかで同時に、おかしいとも思ってた。これが本当に、僕が覚悟していた、なくしてしまったものへの仕打ちなんだろうか、って」

「……」

アラストールは答えず、続けさせる。

「でも、あれは言ってみれば、カムシンたちとのお別れの場で……あそこにいる僕らは、まだシャナたちの側にいた、そう思うことで納得したんだ」

(シャナたちの、側？)

言われた少女は、その表現に違和感を覚えた。

「なのに、また……今日一日、正真正銘の『僕の日常』まで、平和に普通に、終わってしまった。学校に行って、クラスの連中と顔を合わせて、授業を受けて、昼休みには池も混ぜて、吉田さんのお弁当を食べて、笑って話をして、緒方さんも加えた勉強会までして……そこでも皆、普通だった。これまでとなにも変わってない。全く同じだったんだ」

(――悠二は――)

悠二は、まるで自分と違う場所に立っているかのように話した。

シャナは、そんな風に思われていることが、悔しかった。

「もちろん、いじめられたいわけじゃない。その反対だけど、それがこんなに当然のようにやってくるなんて、信じられないんだ。てっきりもっと寒々しくって、よそよそしいなにかが始まる。そう当然のように思って、覚悟してたんだ。それが――」

「悠二は」

「えっ?」

急に口を挟まれて、悠二は隣に目を向けた。

膝を抱えて座るシャナは、顔を正面に向けたまま、唇を引き結んでいた。悠二でなくても分かる、辛さがその唇の端から滲んでいる。

「な、なに? ゴメン、なにか悪いこと言った?」

事情は分からないまま、悠二はとにかく謝った。

シャナは首を振った。黒髪が揺れて、夜の中に光る。帰る前に坂井家の風呂を使ったため、シャンプーのいい匂いが鼻腔をかすめた。

悠二は、そんな少女の様態に、つい陶然となる。

が、彼女はまごうことなき、フレイムヘイズだった。

揺れた髪が収まったとき、その中に浮かんでいた表情は振り落とされていた。悠二の疑問と戸惑いに、冷たくさえある平静な声が答える。やはり顔は、正面に向けられたままだった。

「日常というものは、真実を知ったところで、そう簡単に壊れない。今までのおまえが、それを証明してきたはず。今は困らない。ただ、それだけのこと」

シャナがいつも悠二に使ってきた二人称が、酷薄に響く。

アラストールはそれを聞いて、しかし言うに任せる。

「佐藤啓作も、田中栄太も、吉田一美も、おまえが人間じゃないっていう真実を知っても、その真実に対応する術を持ってない」

持っているのは自分だけ。

その優越感が、シャナの独占欲を衝き動かす。

「彼らには、フレイムヘイズや〝徒〟のように、おまえの存在を左右することも、『零時迷子』を利用することもできない。真実がなんであれ、それまでと同じで不都合がないものは、そのまま惰性で流れ動いていく」

「惰性……」

今の、人間としての自分の生活、人との係わり合い、変わっていないことで掴めるかと思いさえした希望が、あまりに無情な言葉で否定され、悠二は蒼白になった。

シャナはその気配を感じつつも、膝に回した腕を締め付け、続ける。

「でもいつか」

口が止まらない。

「――」

アラストールがなにか、忠言のようなものを言いかける、

「彼らの中の誰かが」

それにおっかぶせて自分の言葉を続ける。

「ふと、おまえに小さな違和感を抱く。おまえは、私たちと居続けることで、人間の成長とは違う、別の形で変化していくだろうから。『本物の坂井悠二』はこんなだったろうか……そんな思いを何度も抱くようになる。それが、それまでのおまえの生活を、彼らの態度を、少しずつ削っていく」

悠二を悲しませることになる。今も悲しんでいる。

しかし、震え始めた唇で、さらに。

「寒々しさやよそよそしさというのは、始まりにあって、これからを築いてゆくものじゃない。始まりにあるのは、お前が今日感じた、いつもの日常、いつもの風景、いつもの友達。それを、寒々しさとよそよそしさが、削ってゆく……それが、これからの日々」

自分には、フレイムヘイズとしての自分には、そうして『この世の本当のこと』を語ることしかできない。吉田一美のように、感情に任せて言うことはできない。

それこそが自分、フレイムヘイズ『炎髪灼眼の討ち手』なのだから。

悠二は、そのことを誰よりも分かってくれる。

そうでなくなったとき、怒ってくれさえした。

だからこそ、より強く、あらねばならない。

力強く、誇り高きフレイムヘイズとして。

「悠二」

ここに来るまで感じたこともなかった自分、フレイムヘイズではない自分の切望が、声に表れそうになる。最近鋭くなった悠二に、それを必死に隠して、言う。

「おまえは、私の側の存在よ」

「……」

隣にいて、しかし顔を合わせられない少年は、ややの沈黙を置いて、呟く。

「……また性懲りもなく、人間だった頃の自分にすがり付こうとしてたんだな」

シャナは、前を見たまま。

悠二も隣を見ず、前を向いて話す。

「ごめん、シャナ、アラストール。偉そうに『旅立つ日まで頑張ろう』なんて誓ったばかりだったのに……吉田さんに――」

悠二は一旦声を切り、言葉を選ぶ。フ、レ、イ、ム、ヘ、イ、ズ、に言うべきことではない。

(シャナに、こういうことを聞かせちゃ、ダメだ)

そんな少年の逡巡する姿にシャナは小さな怒りと呆れ、なにより大きなもどかしさを抱いた。

(馬鹿……私、知ってるんだから)

しかし、お互いがそう望んでいるがゆえに、言葉は選ばれる。

「――『引き止められるような嬉しいこと』を言われて、また夢を見たんだ」

〝ミステス〟たる少年の瞳は、まさに夢の像を結んでいた。

「ずっとこの街にいて、シャナと朝晩一緒に頑張って、母さんとアラストールが時々電話で話して、池に勉強とか宿題を教えてもらって、佐藤や田中と面白い話をして、昼には吉田さんのお弁当を食べて、緒方さんとかクラスの連中、授業を受けて、遊んで、寄り道して、買い食いして、映画とかも、ダラダラ歩くだけも、そんな『夢』……」

夢と夢、言葉の間に過ぎったものが、言葉とともに途切れる。名残を惜しむような間を空けてから、シャナもアラストールも代わってくれない宣告を、自分の口で。

「絶対に、できないと分かってたのにね」

シャナは厳しく、ただ頷いた。

同じ夢を聞かされるままに見て、その重さ大切さを感じて、それでも頷いた。

やがて罰のように、口を尖らせて言う。

「う、そ、つ、き」

「ふむ」

アラストールも同意するように唸った。

悠二は、辛さを滲ませて笑うしかない。

と、シャナが素早く、その手を取った。

「わっ？」

今まで、恐れるように互いの指先だけを取り合い繋いでいた手を、シャナは強く温かく柔らかい手に力を込めて、握っていた。

「鍛錬を始める。まず〝存在の力〟を外に展開する感覚に慣れて」

その手にあるものを感じながら、うそつき悠二は、改めて決意の言葉を返す。

「うん」

断章　将軍の攻伐

風の揺らぎも見えない濃霧の中、埠頭に大型客船が繋留されていた。絶壁のように黒く聳える船体には、風雨波浪の跡も濃い。大きさの割に人気はなく、埠頭の疎らな街灯だけが、霧の奥にようやく、その影を浮かび上がらせていた。

と、尖った船首甲板の港側、柵の際に小さく明かりが点った。

不気味に濁った紫色の、火である。

上下に軽く揺れるそれは、咥えタバコだった。

「将軍」

ザアッ、とタバコを吸う男の頭上から、何者かが舞い降りた。

大きな鳥のようにも、人のようにも見える怪物だった。片膝をついて畏まるそれには、人としての頭がなく、胸がやたらと大きく張っている。両腕も鳥のように翼として畳まれて、体も形だけは人間だったが、全身には獣毛が生えていた。

その鳥男、とでも言うような怪物は、胸に目と裂けた口を現して、男の声で告げる。

「包囲、完了いたしました。今のところ、気取られた様子もありません」

男の声で話す首なしの鳥男に、将軍と呼ばれた男は僅かに嘲りを混ぜた苦笑で答える。

「そりゃあ、そうだろうさ。大半が自在師の編成だ。これで気取られたら、ベルペオルのババアが千年の単位で唱えてきた『組織であるがゆえの強さ』も戯言になる」

逆に、明確な嘲りを浮かべる目は、夜中にも拘らずかけられたサングラスの奥にあった。ダークスーツを纏った長身で、プラチナブロンドをオールバックにしている。全身には、傍らの鳥男など問題にしないほどの、尋常でない存在感があった。

その将軍が、短く訊く。

「ドレル・パーティーの外界宿か。何度、取り逃がした？」

「は、末端の人員を除けば、二百年で五度になります」

鳥男は、ない頭を下げるように身を屈めた。

「金庫番と道案内が野放しか。なるほど、欧州のフレイムヘイズも安泰なわけだ」

「全く、不甲斐なきことで……申し開きもございません」

「いいさ、貴様らがてこずってくれるおかげで、俺のような奴でも組織に身を置ける。守らせてくれない相手に身を捧げると、〝千変〟シュドナイの矜持も暇をもてあます」

言葉の意味が分からなかったので、鳥男は黙ってさらに深く、身を屈めた。

「さて、そろそろ始めるか」

プッ、とタバコを海に吹き捨てると、[仮装舞踏会(バル・マスケ)]三柱臣(トリニティ)が一柱(ひとはしら)、将軍(しょうぐん)〝千変(せんぺん)〟シュドナイは右腕を大きく、横に伸ばした。

と、その掌に牙を並べた口が開き、、、、、、、、、中から鈍色(にびいろ)の物体、内蔵するにはありえない長さの物体が滑り出た。その棒状の物体の端を、放り出される寸前で摑(つか)むと、大きく一振(ひとふ)り、持ち替えて地に着ける。ズゴン、と重く下端の石突(いしづき)を打たれた木の甲板(かんぱん)が、そのすぐ下に敷かれた鉄板ごと凹(くぼ)む。

「おお」

鳥男(とりおとこ)が感嘆(かんたん)の声とともに見上げたそれは、シュドナイの長身をさらに二回りは超えた、径太(けい)く穂先(ほさき)も長大な剛槍(ごうそう)だった。

「これが宝具(ほうぐ)『神鉄如意(しんてつにょい)』……！」

「使うのを見るのは初めてか。なかなか面白いぞ、こいつは」

いつしか凶暴(きょうぼう)な笑みが、シュドナイの顔を埋めている。剛槍『神鉄如意(しんてつにょい)』を握った腕にも、濁(にご)った紫(むらさき)の炎(ほのお)が溢(あふ)れ始めていた。

「は、はっ、では総員に突入の合図を――」

「要(い)らん」

鳥男の言葉を、シュドナイは問答無用(もんどう)で切った。

「黙って見ていろ。他の連中(れんちゅう)もだ」

「し、しかし」

パキパキと、シュドナイの体が唸る。

「お前たちに包囲させたのは、俺の後片付け、打ち漏らしの始末をさせるためだ。久々の大命遂行を邪魔されたくはないし、兵を無駄に殺すのも好かん。だいたい『神鉄如意』は、手加減には向いていない」

輪郭が揺れ、崩れてゆく。

その様を、畏怖を持って鳥男は見上げ、再び平伏する。

「は、それでは存分のお働きを」

「くっ、お前たち、少し言葉遣いが大時代的過ぎる。少しはテレビでも見ろ」

牙を覗かせてシュドナイは笑い、揺れる輪郭、その背中から巨大な蝙蝠の羽を広げた。数度羽ばたいて風を起こすや、見かけ以上の重い一歩を踏み切って、船から飛び降りる。

降下は途中から滑空、そして飛翔となった。

濃霧に満ちた風の中で、槍を持った男の輪郭は、変わる。

鬣と角で頭部を飾る、腕ばかり太い虎。膝から下は鷲の足、そして蛇の尻尾と蝙蝠の翼。

まるで古文献におけるデーモンのような姿だった。

「おお……、む？」

それを見送る鳥男は、奇妙なことに気がついた。

シュドナイの体軀が三回りは巨大化したというのに、その体に対する槍の大きさの比率が変わっていないように見えたのである。

「まさか」

再び、霧の奥に飛び去る姿へと目を凝らす。気のせいではなかった。

剛槍『神鉄如意』は、変化した腕に合わせて、巨大化していた。

まさに、〝千変〟愛用の宝具に相応しい、特異な能力だった。

その槍を携えて、シュドナイは埠頭倉庫街の狭間を猛進する。霧の中、両脇に倉庫居並ぶ似たような風景を視界に流して空を突き進むことしばし。

正面に、赤もくすんだレンガ造りの、古ぼけた建物が現れた。ランタン型の照明が入り口両脇に吊られている。粗末な吊り看板には場末の酒場としての名が見える。しかしその実態は、この地に構えられたフレイムヘイズらの情報交換・支援施設……通称外界宿である。

中でもこの、ドレルという名のフレイムヘイズが主催する外界宿は、情報便宜、素早い移動の手配、資金の工面や管理などの支援を討ち手たちに対し行ってきた、〝紅世の徒〟にとっての大きな障害、欧州に深く刺さった刺だった。

（作戦手順としては、まず討滅された連中の行方を問い質すべき、か）

濁った紫に燃える虎は、ベルペオルが定めた組織の規範を思い出す。

個人的にも、素敵に便利使いしてきた〝琉眼〟という若い〝徒〟の生死くらいは知りたい

と思っていた。が、

(まあ、いい)

スッパリ諦めめる。

中途半端はいけない。叩き潰すつもりなら、叩き潰すことだけを考える。

考え、飛ぶ彼の感覚の中に動きがあった。

(気付いたな)

幾人ものフレイムヘイズが、自分の屋内への突入に合わせて攻撃を始めるつもりか、力を滾らせているのを感じる。小粒中粒、正面からまともに戦えば、そこそこ手こずりそうな力の規模である。

しかしシュドナイは、虎の顔に牙を剥いて嘲笑した。

身の内に莫大な〝存在の力〟を練り、

突然、

飛翔の高度を下げて、店を正面に見据える通りに着地した。路面の石畳を無数粉々に弾き飛ばし、溝を作って止まる――その反動を使い、

「ゴアアアアアアアアア!!」

怒涛のような咆哮を上げて、後ろ溜めに大きく構えていた剛槍『神鉄如意』による刺突を繰り出した。

限界近くまで巨大化させた腕で。

それに伴い巨大化した、紫の炎を纏った槍で。

一撃、外界宿が丸ごと、ぶち抜かれた。

古ぼけたレンガ造りの建物は、巨大な槍の質量と炎の圧力で膨れ上がって爆発する。その中にいたフレイムヘイズ、事務か雑用かに使っていた僅かな人間たち諸共に。

「！」

シュドナイは、その破裂に混じり、逃げた人影を感知する。瞬時に腕と槍を縮め、再び蝙蝠の翼を開いて舞い上がった。

「ふはははは！　寸でのところで俺と気付いたな、ドレル!?」

飛び上がった人物は、倉庫の屋根に着地した。

それは鷲鼻に白髪、皺を鋭く刻んだ小柄な老人だった。大き目のフロックコートに首を埋め、苦渋の表情で恐るべき敵を迎える。

男性で老人という、フレイムヘイズとしても珍しいこの人物は、『愁夢の吹き手』ドレル・クーベリック。

欧州におけるフレイムヘイズたちの活動の多くを裏で支えてきた立役者だった。戦闘が本分ではない。人間であったときに築き上げた人格と運営能力で、組織的に〝紅世の徒〟を狩るという方式を広めた、若き思考を持つフレイムヘイズだった。

「くー、なんてこと！　〝千変〟が単独で、しかも『神鉄如意』まで持って現れるなんて!?」

耳に障る女の声が、ドレルの持つステッキから上がった。これは〝ブンシェルルーテ〟。ドレルに力を与える〝紅世の王〟、〝虚の色森〟ハルファスの意識を表出させる神器である。

その一心同体たる二人の直下に、濁った紫色の火線が走った。線は奇怪な紋章を描いて燃え続ける。陽炎の壁が彼らの周囲を取り巻きドームを形作る。隔離・隠蔽空間『封絶』の発現だった。

気付けば二人の前、倉庫の屋根に、踏む足も重く〝千変〟が舞い降りている。

「くく、一人身では逃げることも難しいようだな、若きご老体。クレツキーやボードは、あの中か？」

封絶の外、陽炎の壁越しにうっすらと外界宿が燃えているのが見えた。

「キーッ、なんですって!?　ドレル・パーティーを侮辱すると許さないわよ！」

嘲弄に答えたのは、ドレルではなくハルファスだった。

その契約者たるドレルの方は、深い彫りの奥にあるエメラルドグリーンの瞳で、静かにシュドナイを見つめている。

虎面が、大きく笑った。

「そのドレル・パーティーは、今潰した。現代の外界宿は、金に機械に情報媒体、それらを処理する人間もか？　壊れてはならない物を多数抱えているからな」

さすがの自在法も、金を生み出すことはできない（その昔、一人の〝紅世の王〟が人間とともに研究した時代もあったが、実現しなかった）。

フレイムヘイズが生活資金を得る手段としての強奪は、容易である反面、余計な騒動も抱え込むことが多いため、あまり好まれていない。年々犯罪捜査の厳しくなる現代では、できるだけ余計な関わりと足跡を残すべきではない、というのが討ち手たちの共通認識だった。

よって彼らの大半は、資金管理の財団を自ら作って加盟し、そこを通じて必要経費他の金銭を得るという手法を取るようになっていた。

ドレルが数人の仲間と主催していた外界宿、通称ドレル・パーティーも、その一つ……である以上に、幾つかの地区に跨る外界宿の経営主体たる財団そのものだった。

それを潰すために現れた［仮装舞踏会］の将軍は軽く笑う。

「この手合いは、備えをする前に圧倒的な力で踏み潰せば、組織が根本から立ち行かなくなる。単純な復讐鬼が揃っていた昔と違って、一旦見つければ対処は容易い上に戦果も大きい」

「ムキー！」

ステッキを揺すってまた怒るハルファスを他所に、ドレルはようやく口を開いた。

「容易に見つかるはずのない我々を発見するほどに本格的な索敵網を展開し、しかも名にし負う〝千変〟シュドナイ自らが潰しに来た……［仮装舞踏会］が大規模に動く予備行動、フレイムヘイズたちの出足を挫く作戦の一環かな」

虎は笑いを収めた。

「さすがは、戦闘以外で初めて名を馳せたフレイムヘイズだ……が、冥土の土産を渡すほど、俺は気前が良くない。我らがババアにゴマするため死んでくれ、としか言えんな」

槍を握る腕に、力を込める。

「ドレル！」

「……私が死んでも、この世に顕現しようなどと決して思ってはいけないよ、ハルファス。契約でこちら側に縛られた〝王〟は、顕現後の一時的な活性を終えれば自然と立ち枯れて、死んでしまうだけだからね。それに、直接的な攻撃力に欠けた君では、顕現してもこの〝千変〟には勝てないだろう。私だけならともかく、君まで死ぬのは、とても悲しい」

落ち着いて諭すドレルの周りに、薄いオレンジ色の火の粉が散り始める。これは、抗戦、というだけの戦い。フレイムヘイズたるの意地の姿だった。

「イヤ――!!　ドレル、逃げるのよ！」

火の粉舞う中、彼は首を振って遺言を続ける。

「もう二百年にもなるか……私は存分に、私の仕返しをした。私一人の仇を討ってからは、他者のそれを助けてきた。組織の作り方、運営の方法を広めることもできた。〝千変〟はああ言ったが、実際のところフレイムヘイズは、数百年前と比べてずっと楽に、愛する者の仇と、両界を脅かす敵と、戦えるようになっているんだ」

苦笑するシュドナイの周囲に、ゆらゆらと炎からなる人型が立ち上がり始める。火の粉の中で、それは人数を増し、やがてドレルの姿を取ってゆく。『愁夢の吹き手』の力は、幻術だった。

取り囲まれた紫炎の虎は身を屈め、槍を繰り出す力を溜める。

全ての方向から、駄々をこねる孫娘を諭す老爺のような声が響いていた。

「みんな君のおかげだ、ありがとう。もう、おかえり」

「ドレル――!!」

感知した、

「はあああっ!!」

その場所に向けてシュドナイは剛槍一閃、二回りほども巨大化した槍を横様に振り、幻影の中にあった本物のドレルの体を、上下二つに断ち割った。そこに込められた強大な力が、切味以上の破壊力を持って、〝紅世の王〟の器を打ち砕いた。

シャーン、

と、まるで薄いガラスの割れるような音が、封絶内に響いた。

余韻の中に、世界の揺らぎの閉じる感覚がある。

契約者が言い聞かせたためか、顕現はなかった。

シュドナイが槍を回して地に打ち付ける、それを合図としたかのように、封絶が解けた。

傍ら、燃え盛る外界宿の火が、赤々と夜霧を染め上げていた。周囲から、消火のためか野次馬か、人間が集まりつつある。

「これで、三つになりますな」

いつしか傍らに降り立っていた鳥男が、将軍の遂行した大命を数えた。

「ふん」

サングラスに炎を映す〝千変〟シュドナイは、特別な感慨も持たず、号令する。

「撤収だ」

「はっ！」

後に炎と破壊を置いて、〝紅世の王〟とその一党は、夜の暗きへと飛び去った。

3 来たるもの

学生らを苦しめた夏休み前最後の関門・期末テストから三日、遂に審判の日が来た。
猛烈な暑中にも遠慮なく、狭い校庭で行われた、退屈以上の苦痛でしかない終業式、教室での、分かり切っている上に実効もほとんどない、長々とした注意事項の羅列、それを記したプリントの山と、滅多やたらと多い宿題、担任によるさらなる念押し、等々、夏休みを迎えるための儀式が、勿体つけるような時間の緩さとともに進行した末、悠二ら七人は、受け取った答案によって、三日間に渡る勉強会が、概ね成功と言っていい結果に終わったことを知らされた。

もちろん、一夜漬けの割には、という前置きを付けての話である。点数の伸び率は、あくまで元からの積み上げに相応したものでしかなかった。このあたり、勉強という実力評価手法には一片の容赦も情味もない。真面目にやった分だけ成果を得られた、という容易く優しい話でもあるが。

細かい点数は置いて概観を示すなら、シャナと池は上の上、吉田は上の中、悠二は中の中、佐藤と田中と緒方は下の上である。

「うーん、そうか。二日目と三日目の終わり頃はダベるようになってたからなあ。もっと真面目にやっとけば良かったか」

と三日間彼らの先生役を務めた池が、

「私もご飯ばかり作らずに、教える方に回ってれば良かったかも……」

と結局三日間、夕飯を作ってくれた吉田（二日目からは、自費を使わず佐藤家の食材を使うよう、皆に言われた）が、それぞれ下の上となった三人の結果を残念がった。

しかし当の三人、佐藤、田中、緒方らの方は概ね満足した様子で、

「上出来上出来。なんてったって追試がない」

「うむ、まったく。こんな晴れやかな気分で休みに入るのって初めてかもな」

「けっこーギリギリだったのね、危なかった……」

とそれぞれ感想を述べた。

通信簿も皆、それら結果に準拠したもので、返却に従って、教室の各所では悲鳴と安堵が飛び交った。

シャナの成績は、局所的に凹んでいる箇所はあるものの、学科に関してはほぼ完璧である。

そんな彼女は周囲を見て、例によって不思議そうな顔をした。

「成績なんて、自分で書いたテストの評価で決まってるのに、どうして今さら驚いたり喜んだ

りするの？」

　とりあえず安堵側に回ることのできた悠二は、その表情のまま答えた。

「その試験の答えを運任せにした人もいるってこと。シャナも、母さんにその成績見せたら、喜んでもらえると思うよ」

　シャナは答えず、嬉しそうな顔を見られないよう、そっぽを向いた。


　それは、硬い靴底を鳴らして突き進む。

　自在法と宝具によって、この世ならぬ力の気配を消し、恐るべき速度で。

　それは、御崎市に向かっていた。


　ところで彼らは、勉強会最終日から、どこかへ一緒に遊びに行こう、という話をしていた。

　言いだしっぺは、やけに気負った緒方である。

「七人で試験を頑張った打ち上げとか、そういうのやろうよ」

　目的というか標的は明らかではあったが、だからといって他の面子には強硬に反対する理由もなかった。

「私も賛成です！」

と吉田も、どういうわけかこれに強い口調で賛成し、

「そだな、吉田ちゃんには美味い飯食わせてもらったし」

「俺も意義なーし」

続いて佐藤、田中も支持した。

「僕もいいよ」

池が言って、悠二もやけにあっさり応えた。

「うん、賛成」

シャナは、自分が『この街での生活をキチンと偽装しろ』と言ったことも忘れてムッとなったが、その悠二や他の面子に見つめられて結局、投げやりに承諾することとなった。

日取りは、試験休みの三日間が、緒方のクラブ活動で都合が悪かったため、終業式当日の夜、つまり今夜と決まった。

なぜ夜なのかというと、なにをしよう、やっぱり遊びに、どこに行こう、などと話していた中で、悠二が珍しく、それでもたしかに自分から、おずおずと意見を述べたためである。

「花火、やり直したいな」

その控えめな名案に、誰もが自然と賛同の声を上げた。

ほんの一週間ほど前、県下一の大花火大会があったばかりだったが、この場にいる七人はい

ずれも、その場において騒動に巻き込まれるか、嫌な気分で過ごす羽目になるかしていた。

それを、ここにいる七人でもう一度やり直す。

なんとも魅力的な提案であるように思われた。

「よし、俺に任せとけ」

と佐藤が、この提案の実行を軽く請け負った。

「夜遊びってだけでいろいろうるさいからな。文句言われないよう、いい場所見つけるよ」

この手のイベントにおける彼のプロデューサーとしての手腕には定評がある。実は、この花火を『佐藤家の広くて静かな庭でやろう』と一同がまとめかけたところを、家主たる彼が、

「なんでせっかくのイベントを、自分の家でやらなきゃなんないんだよ」

と拒んでいたので、その責任上からも積極的に動いたらしい。結果として、思いもよらない場所が、イベント会場として用意されることとなった。


「御崎神社ぁー？」

最後のホームルームも終わり、彼らだけが残った教室に、田中の素っ頓狂な叫びが響いた。

佐藤が得意げに頷く。

「そ。正確には、御崎神社すぐ脇の境外。今、そこで古い殿舎を取り壊して駐車場にする工事

をやってるんだ。建物を取り除いて、今は礎石だけになってる。周りも開けてるから火事の心配もないし——」

なぜかいきなり声を潜める。

「——すぐ横に社務所もあるから、オガちゃんが田中を襲おうとしても助けが呼べる」

「なっ!?」

緒方がすごい形相で佐藤の首を絞めた。

「ぐはおっ!」

(仲良さそうに思えたけど……田中栄太への奇襲を潰されたのがそんなに嫌なのかな)

シャナが言葉をそのままの意味で受け取って、成り行きに理解不能な顔をする。

それをよそに、

「お、落ち着けオガちゃん!」

「う〜」

田中が抑えて、ようやく緒方は手を放した。

佐藤はようやく人心地つく。

「ジョ、ジョーダンにそこまで過敏だと余計に疑われッ痛っ!?」

今度は池が小突いた。

「話が進まないだろ。それより、そんなとこ勝手に使ったりして、怒られないのか?」

「別に勝手じゃないぞ。佐藤家は神社の氏子だし、ちゃんと宮司さんにも許可を取ってる」

「ははあ……」

さすがのメガネマンも感心する。

佐藤は顔も広く、こういうことの手際は非常にいい。普段は嫌っているはずの家の力も、必要なときにはしっかり使うあたり、調子がいいというか強かというか。

「じゃあ、それでいこうか。待ち合わせ場所はどこに？」

佐藤はなぜかニヤリと笑って、

「坂井ん家」

と言った。

御崎神社は、住宅地の真ん中にぽつんと一つだけ盛り上がった濃緑の塊、御崎山の中腹にある。山というほどに高くは見えないが、実際には、緩い裾野に住宅が迫っているためにそう見えるだけで、遠くから見れば全体に高く、正確な類別上もちゃんと山になっている。

度々氾濫していた真南川の周辺で、全く揺るがずに青々と木を茂らせていたことから、山自体が神体と見做され、人々の信仰を集めるようになったらしい。しかし、いつの頃か別の神様を招いたり、縁起を失伝したりしたため、今では祭っている神様はゴチャゴチャになっているという。

「日本では別に珍しくもない話だけどね」

と池が解説する内に、彼らはちょっとした徒歩での遠足を終えて、御崎山の麓に着いた。

周りの景色を眺めながら、田中も言う。

「俺、鳥居前町に来るの、小学校のとき以来だな」

神社への参道である広く緩やかな坂道には舗装が為され、街路樹の手入れも行き届いている。

近隣住民以外は自動車を使わないので、広い参道は徒歩でのんびり登ってゆくことができた。

別に観光名所ではないので、人の往来もほとんど見られない。

そんな、静かで穏やかな風景が、夕焼け色に染まっていた。

緒方が背後に広がる自分たちの街、その初めて見せる顔に、溜め息を吐いて言う。

「こんな所があったんだ。なんだか、すごい新発見した気分」

「ふふふ、もっと言えもっと言え」

自分の選定に間違いのなかったことを確認した佐藤が、満足そうに頷いた。その傍らに立ち、
夕焼けの色に見入る少女に向けて、言う。

「……自分が今住んでる街をこうやって眺めるのも、悪くないだろ？」

言われてシャナは振り向き、また街に目線を戻して、頷く。

「うん、きれい」

「……」

吉田はそんな少女の姿を、次いで悠二に目をやった。

彼は、皆と同じく緩やかな斜面の向こう、夕日に染まる御崎市を眺めていた。どこがどうというわけではないが、落ち着いて見える。

「……なに？」

「え、いえ」

慌てて手を振る吉田を、シャナはじっと睨んで、しかしすぐプイと顔を逸らした。

今日の女性陣の格好は、ミサゴ祭りにおけるそれとは対照的だった（ちなみに、言うまでもないことだが、男性陣は代わり映えしない普段着である）。

シャナは薄手のゆったりしたワンピース、吉田は丈長のブラウスにプリーツスカート、緒方はノースリーブのシャツにオーバーオールと、それぞれの感覚で動きやすそうな装いである。

これは佐藤が、

「御崎神社は石段が急だから、ミサゴ祭りのときみたいな浴衣は止めた方がいいよ」

と注意したためだった。

その言ったとおり、夕に沈む御崎市に背を向けた彼らの前にある御崎神社の外見は、参道を登りきった所に突然盛り上がる緑の山と鳥居、そのぽっかりと開いた口の向こうに見える急峻な石段、というもの。

「なるほど、こりゃたしかに浴衣には向かないな」

池がその勾配を見て納得する。

「長くはないけど、とにかく急なんだよ、ここの石段」

佐藤は笑って皆を先導した。

「登ったら休憩所がある。暗くなるまでそこでダベってよう」

「坂井のおっかさんに、お楽しみも貰ったしな」

田中が手に下げた大き目のバスケットを危うく振りそうになって抑える。

「お母さん、キレイな人だったねえ」

緒方がそれを受け取ったときのことを思い出して言った。

吉田も熱心に頷く。

「う、うん。すごく」

「そうでもないよ」

言われても、別に嬉しい年代ではない悠二である。むしろ、ばつの悪ささえ感じた彼は、自分担当のバスケットを乱暴に振って石段へと向かう。

と、その手をシャナが取った。

「わ、っ？」

「乱暴にしないで」

「あ、ご、ごめん」

少し怒ったような口調で言われて、悠二は慌ててバスケットを両手で前に抱え直した。

それを笑いつつ、一同は石段の下に立つ。佐藤の言ったとおり、さほど長くはない。両脇に灯篭を疎らに並べ、踊り場も三つほどついているのが見えた。石段は苔こそ生えていないが、ところどころ歪んでいたり、踏み慣らされて微妙な艶を持ったりしている。

見上げれば、頭上は大きく張り出した木の枝の重なりで塞がれている。階段の頂上に見える夕焼け空と合わせて、石段はまるで夕闇のトンネルだった。

それは御崎市駅の前にいた。

破壊の有様をしげしげと眺め、驚きも恐れも抱かない。

そしてすぐ歩行者に紛れて、消えた。

「えっ、それじゃ、あの記念樹の枝、おまえらが折ったのか!」

御崎神社の休憩所は、階段を登りきったすぐ横、本殿に続く石畳の脇にある。

「ふっふっふ、告げ口してくれるなよメガネマン。だいたい力加えたのは田中だからな」

本来はその名の通り、参拝者の休憩に使われる場所だが、夜になるとまず神職の人以外は誰もやってこない。

「あれはおまえがふざけて足掛けてたからだろ。そうと知ってたら後ろから押すかよ」

建物自体は簡素な新築の平屋建てである。佐藤によると、神社は今、これから花火をする広場も含めて、古くなった建物を順次建て直しているとのことだった。

「ったく、あんたたち、中学のときから全然進歩してないのねえ」

休憩所の中には、自販機数台と畳敷きの中座敷だけがある。蛍光灯の白も明るい室内は、新築特有の木の匂いとクーラーで快適だった。

「緒方さんも中学、一緒だったんだ?」

雰囲気としては夜風で涼を取るべきだったろうが、残念なことに窓を開けていると虫ばかりが入ってくるため、人工の涼気で我慢せねばならない。

「あれ、吉田さん知らなかったんだ？　この三人は東中だよ」

七人は、その休憩所の中座敷で、尽きることのない話を続けている。一人を除いて。

「……」

沈黙を守る少女は、ここ数日、強力な力を見せつけられ続けた『敵』への反攻作戦……その火蓋を切る瞬間の到来を、息を潜めひたすら待っていたのである。

やがて、各人一本ずつ買ったジュースが空になった頃、

「そろそろ暗くなってきたし……食べるとしますか」

池が言うのに気付けば、夕闇はガラス窓に室内を映すほどになっていた。

「本日のもう一つのメインイベントね」

緒方が大きなバスケットを車座の真ん中に寄せる。

中に、坂井千草の用意した夕飯が入っているとのことだった。

その大きさに、細い目をますます細める田中が、ふと気付いて尋ねる。

「そういや、なんで俺たちの分まで坂井のおっかさんに用意してもらったんだ？」

（問題ない、大丈夫）

沈黙する少女は、動悸と耳鳴りの中、密かに覚悟を決めた。

「なにしろアレだ」

本イベントの運営委員長である佐藤が、田中のもっともな質問に答える。

「そもそも今日のイベントは『俺たちテストお疲れ様、吉田ちゃん美味しい夕飯をどうもありがとう花火パーティー』――」

彼以外の全員が初めて、この長ったらしいイベント名を聞いた。

（さり気なく、してればいい）

少女はそれらの声も全く耳に入れず、あくまで自分の戦機を窺う。

「――なんだから、吉田ちゃんにお弁当作らせるわけにもいかないだろ。といってコンビニで飯買って行くのも芸のない話だ。バーベキューでもしてやろうかと思ったけど、道具を担いでいくのは大変だし、神社の方も花火以上の許可をくれなかった……となると弁当しかないわけだが」

佐藤は指を五本、差し出して順番に折っていく。

(そう、これは千草のついでなんだから)

少女は自分に言い訳をして、気持ちを落ち着けようとする。

「田中と、オガちゃんのおっかさんは俺のことが大嫌い。吉田ちゃんと、池の家には行ったことがない。つまり消去法で、麗しの千草サンの所に泣きついたってこと」

悠二自身は家のことをなんだかんだ言われるのを、少年として迷惑に思っていたが、事実は事実として、やや仏頂面で答える。

「まあ、母さんはこういうの大好きだからね。なんだか朝から張り切ってたよ。吉田さんのお疲れパーティーってことで好みも訊かれたくらいだし……エビチリ、好きだったよね？」

「はい、ありがとうございます！」

吉田は嬉しさに声を弾ませた。

(気負わず、緊張せず、渡せばいい)

少女は、宿敵の態度も目に入らないほどの、極限の緊張状態にある。

「ま、僕たちはなんでも美味しいもののご相伴に預かれれば満足だけどさ」

池の正直な意見に、緒方も賛同した。

「そうそう、んじゃ、そろそろ開けていい？」

（今だ!!）

「——あ、んっ」

少女が、シャナが、小さく咳払いした。

「シャナ？」

なんの気なしに振り向いた悠二は、ギョッとなった。

シャナの顔が、今まで見たこともないくらいに赤く染まっていたのである。彼女がフレイムヘイズと知らなければ、本当に病気と思ったかもしれなかった。それほどに耳から首筋から、とにかく全てが真っ赤になっていた。

「……」

シャナの脳裏に、いつか聞いた、千草の言葉が蘇る。

（——「手作りのお弁当を渡す行為っていうのはね、シャナちゃん」——）

その言葉を勇気と変え、少女は恐るべき素早さでバスケットのロックを外し、腕の影だけを残すように蓋を開け、端の方に視認された（万が一にも取り違えのないよう、バスケットの取っ手に印をつけておいた）目標物を鷲掴みにし、

（——「その人が好きだって言ってるのと同じなの」——）

悠二の鼻先に、というより目測を誤って鼻に、

「んがっ!?」

「悠二、食べなさい!!」

目標物を直撃させていた。

この間僅か四秒。

五秒目には、一撃喰らった悠二が後頭部を床にぶつけて悶絶している。

「~~~~~……」

ポカンとなる面々の中、頭を押さえつつようやく起き上がった悠二は、自分になにかを叩きつけた姿勢のまま固まっているシャナの姿を確認した。

「……?」

叩きつけられた物は、可愛いタヌキ柄の布に包まれた、四角い物体だった。

信じられない、といった面持ちで、悠二はその物体について訊く。鼻を押さえながら。

「……もしかして、これ」

もしかしてもなにもない。どう見ても、弁当。

「うるさいうるさいうるさい！　余計なこと言わずに食べるの!!」

もう無茶苦茶だった。

(そういえば)

ぱーーッ

悠二は、今日の帰宅後、いきなりジョギングを強制されたことを思い出す。

「わざわざ……え、でも……？」

言いつつ、ようやく彼が弁当を受け取ると、シャナはクルリと車座に背を向けてしまった。

その肩が小刻みに震えて、息も荒い。よほどの緊張と昂奮があったらしい。

「あり、がとう」

悠二は答えつつ、しかし混乱していた。驚天動地の事件が起こった。本当に起こった。そう感じた。こんなことがあるわけないと、この段階になってもまだ思っていた。

（だって、シャナなのに？）

フレイムヘイズなのである。

フレイムヘイズでしかないはずなのである。

フレイムヘイズ以外の何者も持っているわけがないのである。

今までずっと、そう捉えてきた。実際彼女がそうだと示してきた。そんな『炎髪灼眼の討ち手』として以外の彼女を考えることは、誇り高きフレイムヘイズへの侮辱だと思うようになってさえいた。

なぜ、そう思うようになったのか。

答えは明白。他でもない、彼女が自分に、その形での絆を求めてきたから。だから自分も、戦場で彼女が示してくれる信頼に少しでも応えようと踏ん張ってきたのだ。

そのはずだった。それが間違っているとは、考えたこともなかった。

なのに今、彼女の方から、そうではない、それ以外もあるのだ、と。

（――いいんだ――）

なにかが、どこかで、外れた気がした。

（――好きになってもいいんだ――）

胸の中に生まれたものが表情に出る、その寸前(すんぜん)、

「だめ！」

（!!）

吉田(よしだ)が叫んでいた。

「そんなのだめ！」

「だ、だめじゃない！」

背中を向けていたシャナが体ごと振り返って、叫び返した。

しかし吉田は引き下がらない。

「だって、私もみんなも、お弁当持ってこないときに、こんなこと！」

「う……」

悠二も含めて、この場の全員が、滅多(めった)に見られないものを見た。

「……わ、私は、たまたま、こういう、それは悠二が、うそつきで、だから……」

なんとシャナが、いつも無愛想で理路整然として冷静沈着な彼女が、俯いて口ごもったのである。何事も為せない手が、胸の前でただふらふらしている。

滅多に見られないと言えば、もう一方もそうだった。

「たまたまでお弁当なんか作れるわけないよ！」

なんと吉田が、いつも温厚で人当たりが良くて優しい彼女が、本気で眉を顰めて怒っていたのである。その手は強く力いっぱい、胸の前で握られていた。

「違、そうじゃ、なくて……なんとなく、そう、なんとなく作りたくなっただけなの！」

シャナに僅かに力が戻ってきた。当座の言い訳を何か見つけるため、考えもなしに口だけで誤魔化そうと叫ぶ。

「それに、対等だって言ったくせに、私だっていろいろ、するんだから、でもこれはそういうのじゃない、ただ単に、お弁当渡しただけでしょ!!」

心にもないこと、とはまさにこのことだったが、吉田には効果があった。

たしかに、行為としての事実は、ただそれだけなのである。

僅かに怯んだ吉田を見て、さらに勢いから追い討ちを掛けようとするシャナの前に、佐藤が割って入った。

「待った待った、ケンカなし！」

「落ち着いて、吉田さん。お弁当一つのことじゃないか」

吉田の前にも、池が入っていた。

「それは、そうだけど」

「……」

池は、まるで駄々っ子のように半べそをかく彼女、生の感情を表す彼女に一瞬、惹き込まれかけた。慌てて自分を取り戻す（こういうことのできる自分に、彼はウンザリしていた）。

緒方がようやく中立の女性として、だらしない少年に声をかける。

「坂井君！　あんたのせいなんだから、シャキッとしなさいよ」

「えっ、僕の……」

半ば呆けていた悠二は、間抜けな答えを返して、緒方を呆れさせた。

「つもう！　ちょっとは貫禄出てきたかと思ったのに、外側だけ!?」

「オガちゃん……あの」

後ろからおそるおそるかかった声に、ぴしゃりと言う。

「田中は黙ってて！」

「はい」

「坂井君、お弁当一つで今日のイベントぶち壊すつもり？」

（別に、僕が弁当作ったわけじゃ）

と悠二は心中で言い訳しつつ、思い直しもする。

（ま、まあ、そうだよな……いつもの昼食だって、吉田さんに張り合ってお菓子をくれるじゃないか……なんでいきなり、全てを擲って告白されたみたいに思ったんだ？）

あの、狂おしいほどに熱い気持ちが、どうして突発的に湧き上がり、また燃え上がったのか……今考え直してみても、さっぱり分からなかった。

もちろん救いがたい朴念仁たる少年は、それが心と心の共感、強い絆による共感で、彼女の気持ちをダイレクトに受け取ったためであるとは思ってもいない。

「二人とも、もういいでしょ？　さ、食べたら仲直りする、いいわね？」

女の子がもう一人いてくれて助かった、と思う情けない男どもをよそに、緒方は二人をそれぞれ睨み、頷かせていた。

皆がバスケットの中身、豪華なサンドイッチを主体としたお弁当を取り出す間に、

（そうそう、お弁当一つお弁当一つ……）

悠二も念じながら、できるだけ起こったことを矮小化しようとする。そうして、まるで悪いことをしてしまったかのようにシュンとなっているシャナのために、狸柄の包みを開ける。中から、包みとは対照的な、飾りっ気のないアルミの弁当箱が現れた（悠二の父・貫太郎の物を借りたのである）。

「な、なんだか大きいな」

まるでいつもと逆の、ムーとへの字口を作る吉田と、じっと見ているシャナの前で、緊張

感とともに蓋を開ける。

「……」

真ん中に、ふやけたメロンパンがご飯の代わりに押し込まれていた。その周囲にはアルミホイルによる適当な仕切りがあって、黒焦げの何かと、黒焦げの何かと、黒焦げの何かと、とどめに黒焦げの何かが入っている。

悠二は強張る頰をできるだけにこやかに動かして、言った。

「……い、いただきまーす」

シャナはその笑顔に自分の成功を一方的に感じ、グッと拳を握った。

それは、目指す標的の気配を、慎重に探りながら進む。

橋を越えて、対岸のビル街とは対照的な一般住宅が建ち並ぶ地区に入る。

気配のある方向を、じっくりと探り、感じた。

まだ口の中がジャリジャリする気がして、悠二はつばを飲み込んだ。

その見る先で、シャナが叫び声を上げる。

「うわっ!?」

「なはは、これ見るの初めてかー?」

佐藤が、まるで花火の発明者であるかのように得意げに笑った。

彼が持っているのは、棒の先から吊るされ、緑色の火を噴いてクルクル回る、空中ネズミ花火のようなものである。

闇中、鮮やかな刹那の煌きを飛ばす光輪の周りには、火の粉を避ける緒方と田中、

「ちょっと、近づけないでよ!」

「うおっと!」

目を見開いてびっくりしている吉田もいる。

「ひやっ!?」

今、彼らが花火に興じているのは、休憩所裏の小さな石段を降りた山陰に、ひっそりと土肌を見せる広場である。古い殿舎の撤去作業が終わった跡地で、ところどころ、半ば土に埋もれた礎石が残っていた。

周りは樹容鬱々、高い木々に取り囲まれて、余計な光は頭上の星空と、外れにある社務所の窓にしかない。花火の光を思う存分、目に遊ばせることができた。

「良かったな、二人とも仲直りして」

悠二の後ろから、池が声をかけた。

「ん、ああ」

「ほい、お疲れさん」

ククク笑って、ジュースを手渡す。

渋い顔で、しかし素直に受け取って、悠二はプルを上げた。

「サンキュー」

あの後、興奮から我に返ったシャナと、一時の怒りを沈静化させた吉田は、食事の間に佐藤と田中が大騒ぎした結果、なにがどうというわけでもなく、元通りになっていた。

今ではああして、本日のメインイベントたる花火を一緒に楽しんでさえいる。

恐らく胸中は複雑なのだろうが、そういうものを抱えたままでも一緒に遊べ、また遊ぶ内にわだかまりを融かしてしまえるのが仲間というものである。

（仲間……？）

悠二は思ってから、片方の少女にとって、それがいかに特異なことであるかを感じた。

（あのシャナが……でも実際に、僕に弁当を——）

思い出して、また熱くなりそうな頭を冷やすように、ジュースを一気に飲む。

そのシャナは、少し離れたところで、黒い塊がムニムニと伸びてゆく様に顔を顰めている。

「気持ち悪い、なにこれ……？」

「はは、なんだ、ヘビ花火も知らないのか」

そんな少女の戸惑いを、田中が大きく笑い飛ばした。

「シャナちゃんってアタマいいのに、こういうことは全然なのね」

「ま、そーゆー人もいるだろ」

不思議がる緒方を佐藤がフォローし、吉田もまた笑う。

「シャナちゃん、それ、別に動かないから避けなくてもいいよ」

佐藤が両手の紙袋いっぱいに持ってきた花火によるイベントは概ね、全ての花火を初めて見るシャナの驚く姿を楽しむものとなっていた。ちなみに、ロケット花火やパラシュート等の打ち上げるもの、派手に音が鳴るもの等は神社から注意されて、事前に除いてある。

「ふう、やっと口の中から炭の味が――」

「なあ、坂井」

ジュースで口の中をスッキリさせた悠二に、池が声を掛けた。

その声の真剣味に気付かず、少年は軽く答える。

「ん？」

「ミサゴ祭りで、吉田さんになにかしたのか？」

「えっ!!」

悠二はジュースの缶を取り落としそうになった。

そんな彼の方を池はあえて見ず、答えも求めず、花火の光を追う。

「おまえも、彼女も――」

真っ赤な火の点いた棒花火を無邪気に振り回すシャナの横で、笑って逃げる少女、吉田一美の姿を、追う。

「なんか、変わったよな……芯が入った、っていうか」

「……」

「いつか、言ったよな。好きかどうか分からない、どこからが好きか分からない、って」

「……覚えてるよ」

悠二は、中学以来の親友の言葉を、しっかりと受け止める。

「最近、これかな、って思うものを、分かるんじゃなくて、感じてる。焦りというか、もどかしさというか……言葉では上手く表現できないけど」

まるで教わったものを飲み込むかのように、しばらく間を置いてから、悠二は返す。

「そうか……やっぱり、それはあるんだ」

池は、切実なくせに奇妙なその答えに苦笑した。

「だから、はっきり言っとく。僕は吉田さんが好きなんだ」

今さらのような、しかし初めて確定として口にされた言葉だった。

悠二は、そう言えることへの羨望のようなものを感じて、曖昧に頷く。

「……うん、まあ、分かった――痛っ!?」

悠二の肩を強く叩いて、池はまた笑った。

「坂井、これは恋敵への宣戦布告なんだから、もう少しピリッとしろよ。で、結局吉田さんになにをしたんだ？　これだけは聞かせてもらいたいな」

悠二は一旦グッと詰まって、しかし観念したかのように吐露を始める。

「なに、っていうか、特別なことじゃ……いや、特別か……つまり吉田さんが――」

向こうで、シャナが子供のように導火線に火の点いた花火を持って走っている。

というより、走ってくる。

「おい、それ持って歩く奴じゃ――!!」

遠くから田中が叫んでいるのが聞こえて、

「あっ」

「のわーっ!!」

シャナの簡単な驚きの声とともに、悠二の目の前が真っ白な火花で埋め尽くされた。

「だ、大丈夫ですか？」

吉田が慌てて、その後ろから田中と緒方、佐藤らも駆け寄ってくる。

密談の場は終わりと知った池は、また肩を叩いて言った。

「ま、いきなりなにがどうなるわけでもないさ。変わらないといえば、全く変わらないよ。どうも僕は態度も暴力も、乱暴なことは好きじゃないようだし」

「メガネマンが敵か……恐いな」

悠二は本音をあっさり口にして、池をまた苦笑させた。


それは、目指す標的が鬱蒼と茂る山の中にいると気付いた。

交戦の際に振るう力が残るかどうか、というほど念入りに気配を隠す。

慎重に、あくまで慎重に、それは緩い坂を登る。

チ、チ、と細く鋭い、そして切なく儚い火花を、線香花火は散らす。
シャナは初めて見る不思議な、地味でありながら目の離せない、オレンジ色の閃きを見つめていた。しゃがんでいる彼女を、他の全員が囲んでいる。

これが最後の線香花火、今日最後の花火だった。

燃える度に先端の玉は大きくなり、火花も盛んに弾ける。

その一瞬の光を、シャナは黒い瞳に映し込む。

派手派手しく燃える普通の花火とは違う。

終わりの予感を見せながらゆっくりと、線香花火は閃く。

炎を上げず、鮮明で繊細な光を、ただ閃かせる。

シャナは、その終わりが膨らんでいく様に、どうしようもない寂しさを覚えた。

たぶん、他の皆も、吉田一美だってそう感じているだろう、と思えた。

火花の間隔が、少しずつ開いてゆく。

鈍く光るオレンジ色の玉が限界まで大きくなり、
不意に寂しさの涙が零れるように、闇の中に落ちて、消えた。

なんとなく、静寂が訪れる。

夏の風、緑の匂いと、暖かさに混じる肌寒さが、皆を包んで、過ぎる。

悠二が小さく、終わりを告げた。

「うん」

吉田がその落ち着いた様子を見て少しだけ笑い、池はそれに別の笑いを見せる。

「あーあ、終わっちゃった」

緒方は田中に、明るくおどけるように言い、田中も笑い返す。

「ほい、燃えカスはこの中ね」

佐藤はバケツと金ばさみを持って来て、シャナに最後の切れ端、花火ではなくなったものを入れるよう促した。

「……」

シャナは生まれて初めて見た火花の名残、目に焼きついた煌きを思って、手の中にあるものを放し難く感じた。しばらく考えてから、

「もらっとく」

言って、それを手に握り込んだ。

誰もからかいはしなかった。

やがて、
ゴミの始末やバケツの返却、社務所への挨拶などを終えて、佐藤が帰ってきた。

「お待たせ、ほいじゃま帰ろうか」

と、彼は皆がこの広場に入ってくる際に使った階段に向かおうとするのを、予定していた笑いとともに呼び止めた。

「おーっと、待った！　おかえりはアチラ」

「へえ？」

「道、見えないぞ？」

緒方と田中が、彼の指し示す先を見て言うが、佐藤はそれも予定の内と解説する。

「道っていっても踏み固めただけの坂道だからな。大丈夫、直線に下りるだけだ」

怪訝な顔で池が訊く。

「近道なのか？」

「それほどでもない。ま、とにかく俺に任せなさい」

ついて行けば、空き地の真ん中からたしかに土肌が一直線、下へと延びている。その先は木木の生い茂った真っ暗な空間で、明かりは見えない。

「大丈夫なのか？」

「坂は緩いし、すぐ林は抜けるよ」

言う間に佐藤は坂道を下り始めていた。仕方なく、他の面々も後に続く。

吉田は悠二に身を寄せ、シャナは悠二の手を引いて歩く。田中と緒方は、ごく自然に手を繋いでいた。池は苦く笑って、最後尾を行く。

そうして歩くこと数分、
頭上の枝が、眼前の木々が突如、途切れた。

「――!!」

全員が、案内した佐藤も改めて、息を呑んだ。

開けた低い山肌から、御崎市の街明かりが一望の下、広がったのである。

手前の裾野にゆるりと傾斜してゆく鳥居前町、その向こうに家々の憩いを見せる住宅地、ただただ黒く大きく横たわる真南川、夏休みに眠る御崎高校、渋滞する御崎大橋、不夜城の市街地――全てが、見渡せた。

佐藤が、この絶景を紹介した者の特権として、一番に口を開いた。

「いいだろ？　子供の頃、神事から抜け出したときに見つけた、取って置きの眺めだ」

「ああ」

「きれい」

田中と緒方が芸のない答えを返し、

「最後の最後で隠し玉か」

と池は評価した。

そんな中、
ふと、心の零れ出るように、

「この眺めを持っていけば……街を出た後も、寂しくはなさそうだな」

悠二は呟いていた。

「!?」

その傍らにあった吉田はその言葉の意味に凍りつき、

「――――！」

悠二を挟んで彼女と反対側にいたシャナは、喜びの震えを感じた。

なにも知らない緒方が驚いて訊く。

「えっ、坂井君、転校とかしちゃうの!?」

「なんだって!?」

池も仰天して悠二を見た。

「ち、違う違う、そういう意味じゃない」

慌てて悠二は失言を弁解する。

「いつか出て行くときに、ってことだよ」

「なんだ、驚かすなよ」

池は心底ほっとしたように吐息を漏らした。

緒方も文句を言う。

「紛らわしいなあ、もう。せっかく皆、こうやって楽しく遊べるようになったのに、もうお別れかと思っちゃった……ね？」

「ん、ああ、そうだな。そう簡単に出て行くなんて言うなよ」

田中が声の裏にゲンコツを隠して言った。

佐藤が口を尖らせて漏らすのは、失笑と羨望である。

「まったくだ、人が用意したイベントの趣旨を勝手に変えるなっつーの」

「ごめん」

悠二は軽く笑い返しつつそれらを感じ……そして、改めて景色に目をやる。

眩しげに目を細め、その色彩、形、印象、想い、全てを脳裏に焼き付ける。

いつか本当に出て行くとき、この美しさを御崎市として思い出せるように。

その彼の手を、いつしか二人の少女が一つずつ取っていた。

正反対の感情で。


それは、ついに標的を視認した。

徒党を組んでいる、そのことに驚きながらも、抜かりなく襲撃の機を図る。

標的の移動に伴い、それは尾行を始めた。


道順として、まず吉田と池が最初に別れた。

家まで全員で送ろうとした悠二たちを、遠回りになるからと吉田は丁寧に断った。

「池君の家も近くだから、大丈夫です」

そう無警戒に頼られた池は、そんな彼を見た悠二は、お互い苦く笑うしかなかった。

やがて、別れてから数分、足取りも重く隣を歩く吉田に、池は訊いていた。

「さっきの……みんなで街を見たときの話だけどさ」

「えっ」

「坂井が出て行くことに、なにか心当たりでもあるの？」

「！　う、ううん、そういうわけじゃ……」

全く、吉田は嘘が下手である。

池は、悠二の言う『いつか』が遠いことを信じたかったが、彼女の慌てようから、楽観できそうにない、という推測も持った。悠二に対して、水臭い、と思う。しかし隠しているのなら、隠すなりの理由や意味もあるのだろう、とも思う。坂井悠二は、いい奴だが馬鹿ではない。もちろん、悩んだり酷い目に遭ったりはするだろうが。

（もしかして）

さっきのやり取り……自分が感じた、佐藤や田中らも含めた何かの繋がりは、これかもしれない、と密かに当たりをつける。よりにもよって『吉田が好きだ』と悠二に言った日に、そんなことに気付かされるとは、と心中で溜息も吐く。

これで悪人なら、

（その辺りを梃子にして、吉田さんの心を動かすかもな）

もちろん、そんなことはできない。

特別優しかったり、理非善悪にこだわったりしているわけではない。そういう自分の気持ちだけを優先して、今ある皆の関係を険悪にするようなことが、単に嫌なのである。そういうことはしたくないし、実際できない。そういう性格なのである。

（協調性がありすぎるってのも考えもんだ）

そう自己分析も批判もできるが、そんな性格を変えられないことも、同時に自覚できる。全く、どうしようもないくらいに抑制の効いた自分だった。

「それじゃ、どうしてずっと元気がないのさ」

躊躇う少女が言い易いように助け舟を出す。そうして頼られることを嬉しく感じ、頼って欲しいとも思っている。少し前までとは逆に。

吉田はその言葉を受けてしばらく悩んでいたが、やがて口を開く。

「私……坂井君を、なにがあっても、この今、好きでいようと決めたの」

彼女はもう、助言を必要としなくなっていたが、自分に確認させるため、素直な心の内を誰かに聞いてもらいたい、とは思っていた。池速人は、彼女にとってそれができる唯一の友人なのだった。

「なのに、坂井君のあの言葉を聞いて、心が揺れた……そうなったとき、とか、そうなった後は、とか……計算高い自分が出てきて、今の気持ちと綱引きをしたの。ずるいよね」

吉田は弁護を欲さず、自分で自分を笑った。

池はそのことへの理不尽な寂しさと焦り、そして怒りから、つい早口で答えていた。

「その歳で、友達と別れることを現実問題として考えれば、誰だってそうなるよ。悩んだり迷ったりすることに、誰からも文句を言われる筋合いはないさ」

「？」

吉田は、そんな池の、いつもの冷静な彼らしくない口調を訝しんだ。他人から求めるだけでなくなった少女は、頼りにしていた友人に、初めての質問を発してみる。

「池君も……なにか悩んでるの？」

「!!」

池は驚き、思わず足を止めていた。

「別に、なにも」

素早く言って取り繕い、また歩き出す。

吉田は、自分の柄にもないお節介で彼を怒らせてしまったと思った。その後を慌てて追う。

「ご、ごめんなさい。私、余計なこと……言った、かな」

そんな少女の優しさが、不用意に縮められる距離が、池には辛かった。

「いや、気にしてないし、別に吉田さんがなにかしたわけでもないよ」

そんな少年の、なんでも自分で片付けようとする頑なさを、吉田は歯がゆく思った。

二人は互いに相手の、一歩の近さ、一歩の速さに、鈍い痛みを覚えていた。他の誰より近い間柄であるがために、なおさらその一歩は大きく、どうしようもなく感じられた。

吉田は友人へと、あくまで誠意を込めて言う。

「なら、いいけど……なにかあったら、言ってね。私、なんにもできないけど、聞くことくらいなら、たぶんできると思うから」

池は友人以上に想い始めた少女へと、心を隠して答える。

「ありがとう。この悩みが、僕のこういうところを超えるほどになったら聞いて欲しい……いや、聞いてもらうことにするよ」

吉田は少年の重大な宣言の意味に全く気付かず、明るく請け合った。

「うん」


御崎市東部に住んでいる佐藤、田中、緒方の三人は、住宅地の端でシャナ、悠二らと別れ、大通りの歩道から旧住宅地への横道に入る。

夜昼ない喧騒に満ちた大通りの歩行者天国の明かりが遠ざかってゆく。

「なんだか、まだお祭りが続いてるみたい」

気楽に笑った緒方を、田中が眉を顰めて軽く叱る。

「怪我人が何十人も出てんだぞ」

「はーい、ごめんなさーい」

頭をかいて緒方は素直に謝った。

佐藤が笑って茶化す。

「はっはは、田中君は真面目で堅苦しいですなあ」

塀と街灯だけ、という寂しい旧住宅地の辻が、やがて十字路に差し掛かる。

佐藤は直進だが、田中は緒方を送っていくために道を折れる、別れ道だった。

「じゃ、オガちゃん送ってくるよ」

「ああ。もう今日は帰って寝ちまえ」

田中に答えた佐藤は、ニタッといやらしく笑って付け加える。

「オガちゃんに襲われるなよ」

「バカ、逆だろ」

田中が律儀に訂正した言葉の意味を考えて、緒方は真っ赤になった。

「普通に、俺は襲ったりしない、って言いなさいよ、もう！」

佐藤はそんな二人の何気なく近い様子に、今日のイベントの企画者として満足感を得る。それをまともに表さず、意地悪さを加えてからかうのが、彼の彼たる所以である。

「はは、まあせいぜい、昏くらいは気を付けなよ、オガちゃん」

「ふん、大丈夫ですよー。あんたと違って、田中は言ったらちゃんと守るんだから。お祭りの翌日だって――」

「わーわーわー!! 言わなくていいっグッ！」

当然これを聞き逃す佐藤ではない。田中を後ろからチョークスリーパーで絞めあげてから、緒方に尋ねる。

「えっ、なになに？」

「どーしよっかなー」

緒方はむしろ話したそうにもったいぶってから、あっさり口を割った。

「えへへー、ミサゴ祭りのときさ、田中、急いでどっか行くときに『また明日』って言って別れたんだけど――」

「……！」

佐藤は、そのときに田中がそんなことを言った、というより誓った意味に気が付いて、思わず腕の力を緩めた。

「――次の日って土曜で休みだったじゃない？　だから当然、冗談だと思ってたのに、本当に来ちゃったのよ」

言う緒方の顔はふにゃふにゃと緩んでいる。

「ウチの親って、以前のこととかでアンタたちが大嫌いでしょ？　なのに真昼間に堂々とやってきて、『昨日の約束だったから』って……そんな律儀に守るほどのことでもないのにね」

「あ、挨拶だけだぞ。他には何もしてないぞ」

田中は絞められる姿勢のままで弁解した。

佐藤は、今度はからかわなかった。田中の首を絞める姿勢のまま、彼の行為を誠実さの発露とのみ受けとっている緒方に、言ってやる。

「オガちゃん……こいつ、真剣に向き合えば、真剣に応えてくれる奴だからさ。大事にしてやってくれよ」

「へぇ？　なによ、いきなり」

突然（と彼女は思った）真面目な話を振られて、緒方はキョトンとした。

その少女に、佐藤は田中を押し付けてやる。

「ほい、じゃな」

「わやっ!?」

「おわっと？」

よろめき縺れる緒方と田中が声を上げる間に、佐藤は家に向かって駆け足を始めていた。

すぐ立ち直った田中は、夜道を遠ざかる背中に大声で、一番喜ぶだろう声をかける。

「今日、面白かったぞ！」

「ありがとねー！」

緒方の声も受けた彼は、肩越しに手を振って、夜に去った。

悠二とシャナは、互いに一つずつバスケットを下げて、坂井家への帰途に着いていた。

「さっきのこと、考えてる？」

シャナが、隣の悠二を見上げて訊いた。

常の大股で、ワンピースを翻らせる姿には、どこか嬉しさの弾みがある。

「うん。喜べばいいのか、悲しめばいいのか、よく分からないんだ」

悠二は言葉通り不分明な表情で答えた。

先の別れ際、彼は佐藤から一つの懺悔を受けていた。

田中たちと少し先に進んでから急に引き返し、前に立った少年は、

「すまん、坂井……俺はどうも、いい奴になれない。さっきの『出て行く』って話を聞いたとき、俺はおまえのことを羨ましいと思ってた。おまえが苦しんでるって分かってんのに」

そう言って目線を伏せた。

悠二は何百、何千度と悩んだ先達として、落ち着いて答えることができた。

「いいよ。僕だってそうだ……誰だって、思い通りになんかいかない。自在法を使えるフレイムヘイズだって、そうなんだから」

そのとき、僅かに怒った振りをしてみせたシャナは今、表情を隠している。

悠二はそんなフレイムヘイズに訊き返す。

「ああいうのも、シャナが言ってた、僕の生活を、今までを削っていく『寒々しさとよそよそしさ』の一つ、なのかな」

「……」

シャナは浮かれて藪蛇な質問をしてしまった自分の愚かさを呪い、ぐっと押し黙った。

彼女は、自分の喜びの酷さ下劣さを知っていた。

知っていて、しかしそれでも。

この喜びがフレイムヘイズたる自分への冒瀆になると分かっていて、それでも。

そんな強い気持ちへの恐れと嫌悪が、悠二とともにいられる嬉しさに混ざる。

ぶれる気持ちの強さが、制御できない。

「悠二」

そう傍らに声をかけられることの喜び。

「なに？」

そう傍らから答えの返ってくる安らぎ。

「そうならざるを得ないの。あなたはもう、とっくに変わってるのだから」

それを繋ぎ止めたい。吉田一美に渡したくない、という気持ちが膨れ上がる。

いつしか、シャナは足を止めていた。

悠二も立ち止まり、二人、夜の街灯の下で向き合う。

「……なにが？」

シャナは気持ちの暴走を抑えられない。

目の前の不安げな彼に答えられるのは、現象としての彼を理解できるのは、自分だけ。だから彼は自分と一緒にいるのが正しい、そうあらねばならない、と自己正当化の鎧を纏う。

「悠二の身の内に漂っていた〝千変〟の腕は――」

「シャナ」

激する少女は、制止しようとするアラストールの声を、〝コキュートス〟を抑えることで封じた。初めての、考えたこともなかった、彼への反抗だった。

「――あのミサゴ祭りの日に、あなたと繋がって一つになった。あなたが望んで、その力を飲み込んで、〝存在〟は大きく膨れ上がった」

「えっ――？」

驚き絶句する悠二に、さらに言う。

「もう悠二は並みの〝徒〟を遥かに超える〝存在の力〟の塊になってる。『零時迷子』は、あなたと繋がった〝千変〟の片腕分も、一つの宿主として回復させている」

「でも、僕はなにも感じてない。変わってない」

抗弁するように、悠二は今の自分に留まろうとする。

「それは、悠二が今の人間としての自分しか、感じたことがないから。それ以上を構成してないから。そこまでしか自分を顕現させていないから」

「……」

顕現。

それは普段、二人の会話で、〝徒〟や〝王〟に対してのみ、使ってきた言葉だった。

悠二は、それが自分を説明するために使われたことへの衝撃に痺れ、立ち尽くした。

「今の『人間としての坂井悠二』を漠然と維持している〝存在の力〟を再構成する、それを鍛錬するだけでいい。熟練すれば、悠二の在り様に応じた力が得られる。自在法だって使える」

シャナにとって、この事実は当然、素晴らしいことだった。

しかし、悠二にとってそれは、『自分が人間ではない』ということ、またシャナと旅立つ日が現実のものとなりつつあることの証明だった。

そんな恐れと戸惑いの中、

「あなたはもう、人間を超えられる」

悠二は自分を見上げ、呼びかける少女の姿に、表情に、雰囲気に、違和感を持った。

(フレイムヘイズとして?)

とてもそうは見えない。

(じゃあ、なんなんだ?)

この違和感には、覚えがあった。

(そうだ、あのときの)

ミサゴ祭りの中で、吉田を押しのけて自分に振り向かせようとしたときと、同じだった。

（でも……でも、それは）

しつこく他に理由を考えようとした彼は、今日、彼女からもらった一つの心で止まる。

（あの、お弁当……）

悠二は混乱する自分を感じていた。

シャナに信頼される戦友としての自分であろうと思っていた。他でもない、シャナが自分にそう求めていたから。だから、シャナ自身がそうあろうと決めたはずのフレイムヘイズじゃないときには怒りもした。しかし、シャナがそうしたという事実には怒っても、なぜシャナがそうしたのか、ということは考えなかった。否、考えようとして、それを自分の妄想だと片付けてきたのだ。なぜなら、シャナはあくまで自分を信頼できる戦友として扱ってきたから……。

それは悠二を迷路の内に迷わせていた、想いの堂々巡り。

それが今日、あの弁当一つで断ち切られた。

悠二は、自分の前に立つ小柄な少女を見た。

とても可愛い。

これまでもそう感じていた。

しかし今は、同じように感じて、なにかが決定的に、違っている。

とても可愛い。

それはフレイムヘイズではない、一人の少女だった。

頬を上気させ、自分を真執な眼差しで見上げている、一人の少女だった。

（シャナが、僕を、好き……？）

悠二は今、シャナがフレイムヘイズとしての使命からではない理由で自分に向き合っていることを怒れなかった。彼女をそうさせる理由が、他でもない自分自身なのだから。

人通りもない夜道の街灯の下、二人はアラストールに声をかけられる可能性も忘れて、ただ見つめ合う。

やがて、悠二は小さく、確認するように訊いた。

「シャナは、それでいいの？」

フレイムヘイズたる者として、それ以外の気持ちで、自分に向き合っていいのか、と。

足りない言葉も全て理解したシャナは、身を小さくして顔を伏せた。

「だって……」

しようがないじゃない、というまでの開き直りの言葉を、使命感の塊である少女は続けることができない。しかしその伏せた下で、胸の内に膨れ上がる想いを感じる。

すぐ前にいる悠二には、どこか浮き足立っているような気配があった。

その不安定な様をもどかしく思ったシャナは、

（キスしよう）

いきなりそう決意した。

（悠二と、誓おう）

いつか、坂井千草が言っていた。

口と口のキスは、誓いなのだと。

（――「自分の全てに近付けてもいい、自分の全てを任せてもいい……そう誓う行為。それは親しい人たちに対するものと違う、もっと強くてどうしようもない気持ちを表す、決意の形。だから、その決意をさせるのに相応しい相手でなければ絶対にするべきじゃないし、されるべきでもない」――）

その、教育者としての多分に便宜的な説明を、シャナは思い切り、真に受けていた。少女はその行為をあくまで、悠二とともに在る自分を示す誓いとして捉えていた。

あくまで愚直に、検証する。

自分の全てに近付けてもいいか。自分の全てを任せてもいいか。

少し恐かったが、えも言われぬ焦りが背中を押す。

（いい）

どうしようもない気持ち。それを身をもって示した〝徒〟と同じ言葉を、千草も。

それを表す決意を持っているか。

（持ってる）

坂井悠二は、その決意をさせるのに相応しい相手か。

今までの戦いが、彼とのやりとりが脳裏に蘇る。

（悠二なら）

悠二となら、誓える。

その想いを一瞬で流し、顔を上げる。

自分を見つめている少し押しの弱い顔は、しかし以前とは違っている。

「悠二」

「え……？」

怪訝な顔をする悠二の胸倉を、シャナは強く鋭く摑んだ。

「わっ!?」

不意の動きに驚いた悠二の手から、バスケットが落ちる。

「……」

シャナは一瞬、言葉で彼に告げようかと思ったが、なにをされようとしているのか、いまいち分かっていないらしい少年の顔を見ている内に、なんだか馬鹿らしくなった。

（いい、勝手に、誓う）

一方的な覚悟を決めて、摑んだ胸倉を、さらに強く引く。

（唇と、唇で――）

顔と、顔が、近づく。

刹那、

「!?」

「っは!?」

突如湧き上がった巨大な〝紅世〟の気配に、二人は揃って向き直った。

頭上、夜に白い体を舞わして襲い来る、大きな人影。

「悠二!」

「っわ!?」

シャナは咄嗟に悠二を強く突き飛ばし、自身もその反動で飛び退いた。

ドズン、と二人の中間に重々しく着地したそれは、二メートルを超える巨漢だった。がっしりとした体格で、真っ白なコートともジャンプスーツとも見える衣で全身を覆っていた。

「け、気配は感じなかったのに!?」

驚く悠二にその巨漢は振り返った。フードと帽子を会わせたような顔に開いたスリットから、得体の知れない冷徹な視線が放射されている。

その、背を向けた間抜けな敵に向かって、シャナは足裏に紅蓮の爆発を生み、跳んでいた。低い跳躍の内に体を黒衣『夜笠』が覆い、髪が瞳が紅蓮に煌き火の粉を流す。左の腰にやった両手が神通無比の大太刀『贄殿遮那』で抜きつけ横斬りに、巨漢を両断する。

と思った瞬間、

白い巨漢は迫る斬撃をバック転で飛び越えた。背後から迫る刀身の位置と速度を正確に察知し、その通過に合わせ、まるで低い棒高跳びでもするかのような体捌きで、斬撃の後方に出ていた。

「っ!?」

飛び越えた場所は自然と、シャナの殺界の外、次の一撃から最も遠い場所となる。

両掌を地面につけた白い巨漢は、流れるような動作で両踵を少女の頭上に落とす。

その風切る重撃に向けて、シャナは再び紅蓮の爆発を足裏に生んで頭突きを敢行する。狙いは、踵に破壊力を与える太い臑。

しかしまたその白い巨漢は流れ落とす足を広げ、その真ん中に少女を誘った。一瞬で丸太のような足が首に絡み、絞め上げながら小柄なフレイムヘイズを近くの塀に叩きつける。

「ぐあっ!!」

しかしシャナも、ただやられたわけではなかった。足で投げ飛ばされる寸前、相手の両腿を深く大太刀で薙いでいる。素早く立って、体勢を整える。

と、

「……」

その薙いで引き裂かれた太腿から零れ落ちているものを、シャナは見た。

「――」

火の粉だった。

桜色の。

「――あっ⁉」

驚愕と歓喜に声が漏れた。

しかし剣尖を下げるような間抜けな真似はしない。

それは、彼女に育ててもらったフレイムへイズとして、あるまじき行為だったから。

白い巨漢はそれを確認し、応えた。

「お見事。腕は、なまっていないようでありますな」

「重畳」

一人の中に、二人の声。

どちらも、ぶっきら棒な女性の声。

悠二は、いきなり白い巨漢が無数のリボンとなって解けるのを見た。

まるで編まれた布が糸となって散るように。

解けた後には、可憐な桜色の火の粉が舞い散った。

その優しい光の中から、舞でも踊るような優雅さで、一人の女性が降り立った。

丈長のワンピースに白いヘッドドレスとエプロンを纏った、一見してメイドと分かる奇妙な装い。肩までの髪を軽く払った内にあるのは、情感に乏しい端正な顔立ち。

シャナがその名を叫んだ。

悠二がこれまで聞いたこともないような、喜びの声で。

「ヴィルヘルミナ!!」

エピローグ

御崎市での後片付け――具体的には、偽の原因や人々が納得できる嘘をばら撒き、"紅世"の痕跡を消し去るという作業――の陣頭指揮を執るため派遣されたのは、この筋では有能極まりないと評判も高いフレイムヘイズ『万条の仕手』ヴィルヘルミナ・カルメルだった。

全て、マージョリーの企てらしい。

彼女は、この作業に当たる者を招請する際、近隣の外界宿に、『ヴィルヘルミナ・カルメルを探せ』と強く指示したのだった。運良くこれを捉まえることのできた彼女は、電話口で、

「あのチビジャリ、あんたが育てたんだって？　そろそろ深みにはまるわよ」

と言ったらしい。

ヴィルヘルミナはその言葉の不穏さ、また続いて聞かされた御崎市における事件の詳細に驚愕し、矢も盾もたまらず駆けつけたのだという。そうして、ようやく『炎髪灼眼の討ち手』を探し出し、久方ぶりということで腕を試そうと尾けたところ、

「いささか以上に不穏な気配を感じ、割って入ったのであります」

「緊急避難」

ヴィルヘルミナに短く言葉を続けたのは、彼女のヘッドドレス型の神器〝ペルソナ〟に意思を表出させている〝紅世の王〟、〝夢幻の冠帯〟ティアマトーである。

彼女らはシャナの胸元に、平静以上の冷ややかな視線を送り、

「〝天壌の劫火〟、貴方がついていながら、これはどういうことでありますか」

「監督不行届」

と〝紅世〟の魔神を容赦なく糾弾した。

「……いや、分かっているが、いろいろあってな」

アラストールも、彼女らにはそうそう高圧的にものが言えない。

シャナは、今さらながら自分の行為が彼の前で行われていたこと、彼女らに見られていたことに気づいて、真っ赤になった。

そんな少女の様子を訝しむ悠二の眼前に、不意に無表情な顔が近付いた。

「わっ!?」

その驚く間にヴィルヘルミナは、少年の上から下まで、微に入り細に入り、全身を無遠慮に値踏みするように眺める。

シャナはまるで、イタズラの結果を見られてしょげ返る子供のように、俯き加減にチラチラとその様子を窺っている。

「あの……」

悠二は、そんな少女の、出会ったときの喜びようと、今のしょげ返った姿のギャップがどういう意味を持っているのか、なにやら彼女と浅からぬ間柄を感じさせる女性に訊こうとした。

「あの……」

ところが、その機先を制し、また会話をぶった切るように二人は言う。

「今日のところは、〝ミステス〟に用はないのであります。お引き取りを」

「即刻」

この露骨な排斥の言葉に、悠二は顔色を蒼白にした。

同席や傍観を断固として拒否する、反抗どころか問答の余地すら与えない、あまりに強力な断言だった。それが悠二の前に壁として立ちはだかり、交渉の気配さえ跳ね返し、同席や傍観ををも拒否した。

「ヴィルヘルミナ！」

シャナの叫びも、彼女らを突き崩すことはできない。

「今より、フレイムヘイズ同士の会議を行うのであります」

「部外秘」

そのことさらな冷たさ、なにより彼女の言葉の示す意味に痛打され、悠二は声に詰まった。

手を伸ばして、シャナからバスケットを受け取る。

「悠二」

「今日は、夜の鍛錬は休もうか」

自分もそうなっているだろうな、と思いながら、泣き崩れそうな顔をしているシャナに言い置いて、悠二はフレイムヘイズたちの会議に背を向けた。

その去ってゆく背中を見送る少女に、ようやくという溜息を吐いて、ヴィルヘルミナは言う。

「……あれが現在の『零時迷子』の〝ミステス〟でありますか」

「貧弱」

「ヴィルヘルミナ、どうして、どうしてそんな意地悪するの」

「シャナ」

アラストールが情けない声を上げた契約者を嗜める。

「……」

ヴィルヘルミナは、少女が、『炎髪灼眼の討ち手』が、そんな名前をいつの間にかつけていることに、清水を穢されたような、(自覚してはいても)勝手な怒りを密かに抱いた。

少女がこの街に暮らしたことで、どう変化したかを見て取る。

か細い。

あの、偉大なる〝紅世〟の魔神の契約者として確固と立っていた少女と、あまりに違う。

「故なき――」

言いつつ、ヴィルヘルミナは『弔詞の詠み手』の忠言に、密かに感謝した。地面に膝をついて、黒く冷えた美しい瞳と向き合う。

「――そう、故なき悪意では、ないのであります」

「妥当」

育ての親として、悪意があることは否定しない。しかし明確な理由もある。

そのことを感じて、シャナはなんとか心を強く張り、フレイムヘイズたらんとする。

その姿に頷くと、ヴィルヘルミナは平淡な声で、ようやく本題に入る。

「私がこの地を訪ったのは、後始末以外にも、一つ用件が重なったからであります」

「『零時迷子』」

ティアマトーの一声に、アラストールが深く唸る。

「……む」

「とある状況と事情から、外界宿でもごく少数のみにしか知らされていない極秘事項でありますが……ここ数年、私は百余年ぶりに現れた非常に危険な〝王〟についての案件に専従していたのであります。今も数人の同志が私に代わって、その対処に当たっております」

ヴィルヘルミナは、あくまで淡々と重大な事項を伝える。

「案件における［仮装舞踏会］の関与は現在調査中でありますが、いずれその者にも『零時迷子』がここにあると知られるでありましょう。情勢は複雑かつ微妙であります」

言葉の意味を飲み込んだシャナは、猛烈に嫌な予感を覚えた。

「百余年ぶりに現れた〝王〟って……まさか」

「はい。『約束の二人』の、生き残った片割れであります」

「!!」

シャナは自分を取り巻く因果の怒涛をほとんど肌で、怖気として感じた。

「あの、〝ミステス〟を守って戦うのも、一つの選択肢……しかし」

なぜ『しかし』が付くのか。

聞く内に、予感は恐怖に、恐怖は現実に、変わる。

「もっと確実に、かの〝王〟と［仮装舞踏会］の企図を挫く方法がある……私はそのことを、あえて教示するために参ったのであります」

シャナはいつしか、震えていた。

「……ヴィル、ヘルミナ……」

「はい。その方法とは、〝ミステス〟破壊による『零時迷子』の無作為転移であります」

断章　巫女の託宣

蒼穹はあまりに濃く、白雲は眼下に遥か、一つ峰に降り積む雪はあくまで清い。

その峰の頂に、大きなマントと帽子に着られたような少女が舞い降りた。肩までで揃えられた髪の内に佇むのは、零下に磨かれた透徹の氷像を思わせる、無機質で繊細な容貌。

雪上、足はついても跡はつけず、ただ手にした錫杖だけが、白に一つ点を穿つ。三角形の錫杖頭にはまった、同じく三角形の遊環が、シャーン、と透き通った音色を一帯に響かせた。

と、少女は不意に秀麗な眉を顰める。

「……」

舞い降りたその場所に、また性懲りもなく突き立つ物を発見したのだった。

その水色の光を点す瞳が映すのは、錆びた棒に力なく垂れる色褪せた旗。

この二百年ほど、お気に入りの頂に来ると、必ずといっていいほど、この不愉快で無粋な人間の痕跡が場の静謐を穢していた。酷いときは、登山に使ったものらしい道具一式がゴミとして遺棄されていたこともあった。このゴミを運んでくる愚か者どもと遭遇すれば、まず問答無用で皆殺しにして来たが、さすがに常時見張っているわけにもいかない。

「……失せなさい」

せめて目に付く場所くらいは、と少女は錫杖を振るった。

シャーン、と再び遊環が音色を響かせる。

途端、高き空に一陣の突風が吹き荒れ、旗をその土台ごと、根こそぎ運び去った。風が飽きたらどこぞの地面に落下するだろうが、そこまでの興味はない。

残った穴を風と雪で飾り終えると、ようやく少女は愁眉を開いた。

そうして天を、ようやくの大命を果たすときと見上げる。

どこまでもどこまでも、深く透き通った蒼穹が続いている。登り登れば、その先は暗く翳る星空となるだろう、闇を隠す壮麗な蒼を、少女は両の瞳に映す。

やがてその小さな口から音吐朗々と、祝詞が紡がれてゆく。

「――〝頂の座〟ヘカテーより、いと暗きに在る御身へ――」

ヘカテーと名乗った少女は、小さな体に比して長い錫杖をクルリと回し、頂の雪に立てる。

「――此方が大杖『トライゴン』に彼方の他神通あれ――」

声の途切れるや錫杖が、明るすぎる水色の三角形を無数、周囲にばら撒いた。大きなもの小さなもの、無数の三角形が舞ってはぶつかり、ぶつかっては砕け、砕けてはより小さな三角形を増やして、山頂全体を水色の竜巻とも吹雪ともつかない輝きの中へと包み込んでゆく。

やがてその中心、忘我の表情で俯いていたヘカテーが、突然目を見開いた。

同時に、もはや砂粒ほどまで砕かれていた三角形の吹雪も止まる。

「――他神通あれ――」

その固まった容貌に、一筋汗が流れる。

止まった三角形の群れに光がこごってゆく。

「――他神通あれ――」

二筋、三筋が流れ、頬から首筋に落ちてゆく。

三角形の群れはその場に留まるのが限界というように、力を持て余し震え始める。

「――他神通ぁ――」

声が遠く吸い込まれるように消え、相貌も色を失って闇に閉ざされる。

無音で三角形が散った。散って、互いの辺と辺を合わせてゆく。どんどん三角形は組み合わさって、程なくそれらは、雲上に突き出た頂をすっぽり覆う球体となっていた。その内部は、今のヘカテーの瞳のように、光を失った漆黒の闇。

と、

銀が一雫、降る。

もう一雫、降る。

さらに増えて、キラキラと。

いつしか、球体の中を埋め尽くすように銀色の雫が降り注いでいた。それはまるで、プラネタリウムの内に映し出された、立体的な流星群。

この中央にあって雫を受けるヘカテー、球体に包まれた頂の地面、いずれも熱や衝撃を受けているようには見えない。ただただ豪奢な銀の輝きを浴び続ける。

やがて彼女は錫杖を手放し、両手を胸の前で広げた。

バン、
とその中に、宙に描かれた複雑怪奇な自在式が、銀の炎をもって燃え上がった。

「──眼へ落ちたるに拠り紡ぐ式も──」

途端、漆黒の球体が一挙に砕け散り、
銀の雫も蒼穹の内に掠れて消えた。

「──此処に詰みなん──」

言葉を終えると同時に、ヘカテーの瞳に水色の光が蘇った。自分が抱えるように持つ自在式を、一睨みで小さな珠に変え、傍らに浮いていた錫杖の天辺に付ける。

周囲は既に、祝詞の始まる前と同じ光景に戻っていた。

その中、少女は錫杖を、その先に点った銀色の珠を見上げ、ほんの微かな笑みで飾った言葉をかけた。

「どうぞ、お早く……」

蒼穹はあまりに濃く、白雲は眼下に遥か、一つ峰に降り積む雪はあくまで清い。

暮らしゆく日々の中で、種は芽吹く。
交わりと、変転と、別離の実を結ぶために。
世界は、ここから、また、動き出す。

あとがき

はじめての方、はじめまして。

久しぶりの方、お久しぶりです。

高橋弥七郎です。

また皆様のお目にかかることができました。ありがたいことです。

さて本作は、痛快娯楽アクション小説です。今回は前巻の後日談と次巻以降の準備のお話です。次は、今回あえて出番を減らした保護者たちのお話になると思います。

テーマは、描写的には「少年少女の悩み」、内容的には「なのに」です。劣勢のシャナ、決死の反撃が始まるか。圧倒する吉田さん、余裕の攻勢が続くか。互いに鎬を削ります。

担当の三木さんは、深海魚大好きな人です。突然メガマウスの写真をメールで送りつけてくる恐怖の使いです。今回も、題材が決まるまでには、両軍の精緻苛烈な総力戦が（以下略）。

挿絵のいとうのいぢさんは、彩色の巧みな方です。前巻の表紙は、様々な赤が交じり合う、華麗という表現こそ相応しい仕上がりになっていました。御本業が最高にお忙しい中にも拘らず、この度も拙作への甚大なる御助力をいただけたことに、深く深く感謝いたします。

県名五十音順に、愛知のS木さん、青森のA馬さん、秋田のS藤さん、愛媛のMさん、大阪のK本さん、京都のM林さん（どうもありがとうございます）、群馬のM田さん、静岡のM月さん、福岡のY野目さん、北海道のS藤さん、いつも送ってくださる方、初めて送ってくださった方、いずれも大変励みにさせていただいております。どうもありがとうございます。アルファベット一文字は苗字一文字の方です。ちゃんと届いておりますのでご安心を。


さて、それでは久々に近況などで残りを埋めてみるとしましょう。

えーと、まずゲーム……あれ？

ならば、映画などを……あれ？

いくらなんでも本は……あれ？

今、気付いたのですが、仕事しかしてません。仕事しか。仕事しかしかしごとしかしかし
ここの執筆が終わったら、どこかへ遊びに行く計画でも立てようと思います。本気で。

この本を手に取ってくれた読者の皆様に、無上の感謝を、変わらず。

また皆様のお目にかかれる日がありますように。

二〇〇四年七月　高橋弥七郎

……。
noizi web
www.fujitsubo-machine.jp

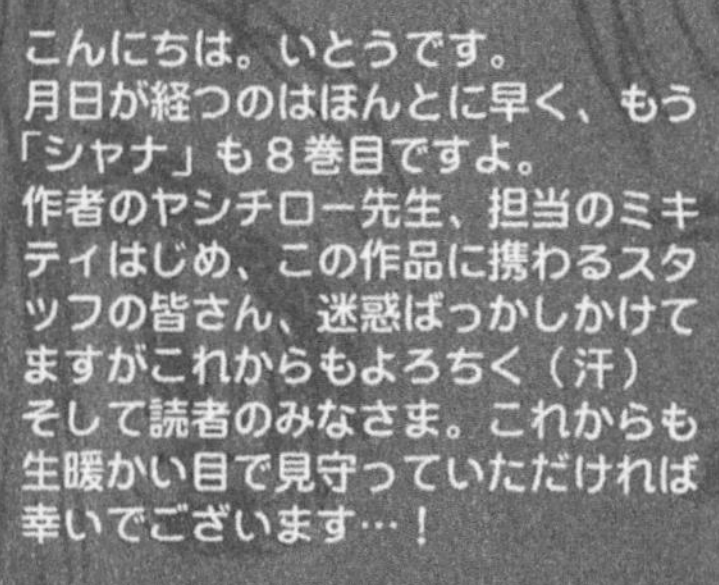

こんにちは。いとうです。
月日が経つのはほんとに早く、もう「シャナ」も８巻目ですよ。
作者のヤシチロー先生、担当のミキティはじめ、この作品に携わるスタッフの皆さん、迷惑ばっかしかけてますがこれからもよろちく（汗）
そして読者のみなさま。これからも生暖かい目で見守っていただければ幸いでございます…！

えー、そんな感じでちょっと感傷的になりつつ今回のあとがきイラストですが。。

まだまだ謎の多いヘカテーさんに俗っぽい（？）衣装を着せてみよう作戦です。ヘカテーさまがみてる。

巫女というだけあって清楚な衣装が似合いますね〜。

そしてヘカテさんを描くと付属させなくてはという脅迫観念（笑）

こんなシュドナイばっかし描いてる気がしてならないのですが（笑）

あと最後になりましたが、HPに遊びにきて下さる皆様、励ましのメールくださる皆様、そして編集部にお手紙くださる皆様方。お返事がなかなか出せない状況で心苦しいのですがいつも楽しく＆励まされながら読ませて頂いております＊
ありがとうございます（＊＾＾＊）
今後ともよろしくおつき合いくださいませ（＾＾
それではまた次回。ごきげんよう。

◉高橋弥七郎著作リスト

「A／Bエクストリーム　CASE-314［エンペラー］」（電撃文庫）
「A／Bエクストリーム　ニコラウスの仮面」（同）
「アプラクサスの夢」（同）
「灼眼のシャナ」（同）
「灼眼のシャナⅡ」（同）
「灼眼のシャナⅢ」（同）
「灼眼のシャナⅣ」（同）
「灼眼のシャナⅤ」（同）
「灼眼のシャナⅥ」（同）
「灼眼のシャナⅦ」（同）

本書に対するご意見、ご感想をお寄せください。

■

あて先

〒102-8177 東京都千代田区富士見2-13-3
電撃文庫編集部
「高橋弥七郎先生」係
「いとうのいぢ先生」係

■

電撃文庫

しゃくがん
灼眼のシャナ VIII

たかはし や しちろう
高橋弥七郎

◆◇◇

2004年10月25日　初版発行
2023年10月25日　33版発行

発行者　山下直久
発行　株式会社KADOKAWA
〒102-8177　東京都千代田区富士見2-13-3
0570-002-301（ナビダイヤル）
装丁者　荻窪裕司（META＋MANIERA）
印刷　株式会社KADOKAWA
製本　株式会社KADOKAWA
※本書の無断複製（コピー、スキャン、デジタル化等）並びに無断複製物の譲渡および配信は、著作権法上での例外を除き禁じられています。また、本書を代行業者等の第三者に依頼して複製する行為は、たとえ個人や家庭内での利用であっても一切認められておりません。
●お問い合わせ
https://www.kadokawa.co.jp/（「お問い合わせ」へお進みください）
※内容によっては、お答えできない場合があります。
※サポートは日本国内のみとさせていただきます。
※ Japanese text only

※定価はカバーに表示してあります。

©2004 YASHICHIRO TAKAHASHI
ISBN978-4-04-868734-8　C0193　Printed in Japan

電撃文庫　https://dengekibunko.jp/

電撃文庫創刊に際して

文庫は、我が国にとどまらず、世界の書籍の流れのなかで〝小さな巨人〟としての地位を築いてきた。古今東西の名著を、廉価で手に入りやすい形で提供してきたからこそ、人は文庫を自分の師として、また青春の想い出として、語りついできたのである。

その源を、文化的にはドイツのレクラム文庫に求めるにせよ、規模の上でイギリスのペンギンブックスに求めるにせよ、いま文庫は知識人の層の多様化に従って、ますますその意義を大きくしていると言ってよい。

文庫出版の意味するものは、激動の現代のみならず将来にわたって、大きくなることはあっても、小さくなることはないだろう。

「電撃文庫」は、そのように多様化した対象に応え、歴史に耐えうる作品を収録するのはもちろん、新しい世紀を迎えるにあたって、既成の枠をこえる新鮮で強烈なアイ・オープナーたりたい。

その特異さ故に、この存在は、かつて文庫がはじめて出版世界に登場したときと、同じ戸惑いを読書人に与えるかもしれない。

しかし、〈Changing Times,Changing Publishing〉時代は変わって、出版も変わる。時を重ねるなかで、精神の糧として、心の一隅を占めるものとして、次なる文化の担い手の若者たちに確かな評価を得られると信じて、ここに「電撃文庫」を出版する。

1993年6月10日
角川歴彦